後書きみたいな「はじめに」

本書『明日への触手』を始めるにあたってすこし述べておきたい。
「この句は現代の俳句だな」と思うための要素は何であろう。まずは句材と情趣であろうか。文体とかリズムは重要であるが、短詩型である俳句には、ほとんど自由度が無い。極論すればやりつくされている（無論いくつかの可能性は残されているが）。それでは句材についてはと考えると、これはいつの時代でも多くの人々は新しい句材を追い求めていると言ってよい。よほど頑迷固陋な人でもなければ今もってアオサギの脛を洗う水や山吹の傍の蹲で歌う蛙ばかり追いかける人はなかろう。

それでは情趣はどうかというと、これこそ芭蕉以前の時代からの俳人が追い求めた本質的な流れである。風雅の誠と名を付けたので古ぼけて聞こえるが、芭蕉は人間がこの世に存在していることを、大宇宙（三千世界）の中で捉えることを俳句の本流としてきた。このことは未だに変わらない。変わるのはその時代時代における、人間の大宇宙に関する認識の度合いである、それがその時代の情趣として反映される。それゆえ私は俳句の未来を考える時、現代の俳人たちの謳いあげている情趣がいかなるものかに最も注意を払う。花鳥諷詠という言葉は、やけに大時代的で古くても高浜虚子の触手はその時代の知識の制限をうけつつも活発に未来を弄《まさぐ》っていた。

われわれもそうあらねばならぬ。レトロも時にはよい、趣味の世界だから。しかし、花吹雪にわが身の移り変わりを嘆いたり、カンナの燃えるような赤い色に心をよせても、〈彼〉はとにかく、〈彼〉のお友達の範囲までしか関心をもってくれない。もしすべての俳人がそこで満足してしまえば近未来に俳句は魅力なしと自然消滅するであろう。そうならないためには未来を弄っている触手をさがし、自らもその触手を具備することだ。

以前筆者は近代俳句の巨人・高浜虚子が備えていた未来に対する触手について一書を著わした（『高浜虚子・未来への触手』）。本書では、原則現在活躍中の俳人を採り上げる。それらの俳人は未来に対する触手を活発に活動させていると感じるからである。その「触手」が何を弄ろうとしているのか、それはこの時代未来に対してどのような意味を持ちうるのか、それらのことを少しでもあきらかにできたらと考えている。それによって俳句の未来が行く方向を多くの俳人たちが考えるきっかけになってくれることを望んでいる。

明日への触手＊目次

明日への触手

「魔封じ」をする女◉池田澄子

§1「そっと呪文をかける」

池田澄子氏の句は阿修羅の顔に例えようとしても無理だ。いくつも顔を持ってはいるが、あの苦悩の顔に擬するのはふさわしくない。ともあれ氏の句はいくつかの顔を持つ。命の在り様を悟った如来のような顔、未来への癒しを司る菩薩と呼んだ方が良い顔、魔を封じ込めようとする妖しげな明王一味のような顔。とりわけ私はカラオケでオジサンたちがよく歌う高橋真梨子の歌に出て来る「そっとジュモンをかける女たち」のような顔の句が好きだ。しかもちっともバタ臭くないのが良い。

池田澄子氏というと〈じゃんけんで負けて蛍に生まれたの〉の句をはじめ〈ピーマン切って中を明るくしてあげた〉など命の不思議さを詠う句や、日常の中に気づくウィットに富む句で知られている。いずれも読者に面白いと感じさせるところが魅力である。だが忘れてはならないのが戦争を中心とする句、興味が人間と社会の関係、いわば「社会性」、を読者にも感じ取らせる一種の象徴性に富んだ句が非常に巧みなことである。

それらの「社会性」のある句を読んで感じるのは、どちらかというと社会的材料を真正面に取り上げて声高に振りかぶるより俳句の中にそっと呪文のようにしのばせておくというタイプということだ。私は、それは人間社会の未来の希望のために現れてはならない過去の魔物を封じる呪文であり、あるいは風化していく人間の過去の体験に対する忘れることへの拒絶がなせる業でもあると思う。

過去を忘れることの意味を問い続ける小説家にカズオ・イシグロ氏がいる。彼はノーベル文学賞の受賞講演の時、アウシュビッツの例をあげながら、人間が個人的、或いは社会的に覚えているべきことと忘れるべきことの意味を問うた。人間を探求するという行為はいくら大上段に構えても五七五の短い言葉の中で語れるものではない。短い日常の情趣の中にそっと呪文のように忍ばせて読者の中で芽を吹いたり、発火させたりするものである。言葉の中に忍ばせる呪文、それこそ俳句ならではの技である。

◇

池田澄子氏の句には「魔封じ」をする女としての顔がある。

旗日とやわが家に旗も父も無し　『空の庭』

「とや」という言葉は伝聞・不確実の意味や問い返して確認を得る意をもつ。このような助詞の使い方は「切れ」が俳句の本質だと確信する考えからは生れにくいものである。もともと切れを重んじる思想は連歌の発句から引き継いだものである。その時代の必然性があり、詩歌としての絶大なる効果を有していることはまちがいない。しかし未来永劫にわたり俳句という表現様式をそれでなければいけないと規制していくものか、と考えると否であろう。俳句にはその表現様式やレトリックだけしかないわけではない。

旗日は「はたび」と呼びならわす国民の祝日であり、国旗を掲揚するしきたりがわずかに残っている日である。この句の「とや」は正しくは「伝聞」でもなければ「確認を得る」ためでもない。作者は百も承知の上で「ハタビなんだって」、といいながら自分の家には門に掲げるべき国旗がない、特に父親がいないことを確認しているのである。作者の父親が戦病死したことを知らなくても、読む人には、この「父もなし」は戦争で父を失ったということを十分想像させる。すると旗日も「紀元節（現代は建国記念日という）」か「天長節（同じく天皇誕生日という）」であることが想像される。読者はそこから先はどのように考えるかは自由である。俳句はその事実を指し示すだけで充分である。

路地に朝顔アメリカにエノラ・ゲイ　『ゆく船』

路地の朝顔は庶民生活が象徴化されている景である。それに対峙しておかれたのは「アメリカのエノラ・ゲイ」、つまり広島に落とされた原子爆弾、それを運んだ爆撃機の名前だ。たとえば平和と戦争あるいは庶民と国家を対立させたという、ある意味では、分かりやすい景である。

だがこの句でわざわざ「アメリカに」と限定したところに読者は様々な反応を起こす。エノラ・ゲイが単なる女性の名前でなく、あの飛行機の名前であることは多くの日本人には分かる、少なくとも聞けば、ああそうかと思う。私はそれを「アメリカに」とわざわざ限定したことによる読者に及ぼす心理作用に興味を覚えるのである。

句の構造としては明確に二句を並列させた継接法。その多くは上五や下五で分れる二句でなく、中七のまん中で対句のように分れる。その場合二句はどちらが主であり、どちらが従である、ということはない。中国の対聯のようなものである。さすれば路地に咲く朝顔もアメリカが博物館に飾ったというエノラ・ゲイも同等の権利を主張することになる。国家という権力がエノラ・ゲイという武力で来るなら、路地裏の庶民は朝顔の花で対抗するわいという心意気を示すと考えるのも可である。継接法ではそのように読めるのである。この句は、それ以上にアメリカというのは無差別に非戦闘員まで殺戮し、後世に至るまで影響の残る残虐な核兵器をもちいることのできる野蛮な国だと非難しているなどというわけでは決してない。

ＴＶ画面のバンザイ岬いつも夏　『ゆく船』

この句が句材としているのはＴＶ画面の映像である。しかも何回もドキュメンタリー番組の画像、映画の画像で脳に焼き付いている、平常心では見られない場面である。実はバンザイ岬と呼ばれる岬は数か所ある、沖縄本島南端の喜屋武岬に、あるいはサイパンに。でも起こったことは同じ戦争の悲劇である。

　沖縄戦は今世界大戦において、唯一日本国内で行われた地上戦である。１９４５年3月末から始まり、6月23日には沖縄守備隊牛島軍司令官と幹部が自決して軍としての組織的戦闘は不可能となった。しかし、さらなる悲劇はそれで戦闘は終結しなかったことである。残留兵とともに戦場に取り残された武器を持たない一般沖縄住民は南へ南へと追われ、ついに南端の喜屋武岬まで追い詰められた。岬では多くの人々が手榴弾で自決し、あるいは岬の断崖から次々と身を投げ悲惨な最期を遂げた。「死して虜囚の辱めを受けず」、の思想が多くの人々を、米軍からＢａｎｚａｉ Ａｔａｃｋと呼ばれた、玉砕攻撃や自決に追いやった。思想だけではない、当時の軍国主義政府は沖縄県民に対し「軍民一体」の防衛戦を要求し、それが文字通り兵士の戦闘員と住民の区別をなくしてしまった。それがために10万人近いという一般県民の犠牲者を出し悲劇を拡大したのである。米軍の映像フィルムを中心として制作したＮＨＫスペシャル「沖縄戦 全記録」（２０１５年6月14日放映）というドキュメント番組は幾度か再放送されたので観た人もいるかもしれない。それ以外にも多くの沖縄戦の記録がある。だが、それらの記録も時代とともに風化する運命が待ちかまえているのである。

　この句が読者の心に迫ってくるべきもう一点がある。バンザイ岬という心が痛み疼く風景を、私たちがＴＶの映像を通して見ていることに気付かせることである。「いつも夏」という言葉は読みようによっては暑苦しい夏にまたあの日の事を思い出すということを忌避している自分に気が付くことを読者に強いるかもしれない。もう忘れかけている自分への恐怖。日常の景の中へ非日常性の種を埋める、呪文をかける、というのはそういうことなのだ。

すこし自分自身の気持ちの波を鎮めるために、蛇足を書く。昔、若いころある句会で、先輩の方が後輩の句を示しながら、「あなたはこの情景を実際にみてきたの」と質問した。ご当人は小さな声で「すみません、テレビでみました」と赤い顔をしておられた。昔は、実際に見ていない景を句にすることをタブーとして指導する方がいた、いや今もいるらしい。この「タブー」の根底にある考えは実際のモノを観察することなく観念で写生するなということであろうが、いったんルール化すると奇妙な考えも生む。「現場主義」は俳句の指導上有効かもしれぬが、なにごともタブー化は奇妙な結果を生む。

前へススメ前へススミテ還ラザル　『たましいの話』

かつてねじめ正一がこの句はカタカナに凄味があるといった（『池田澄子百句』）。そのとおりである。私のイメージには昭和初期の小学国語読本巻一にあった「ススメススメヘイタイススメ」が去来する。無論私が小学校に上がった時はすでに戦争は終わっていたため、実際に使用することはなかったが、間違いなく私どもの姉や兄は「ススメススメヘイタイススメ」という教育を受けて、またそのとおり進んで帰還しなかったのである。この句などは作者の意図が明瞭に出すぎて、それではたいして面白くもないと最初に感じたものだ。だが、ある時、この句の「ススメ」という表記から何も言語の意味空間で響き合うことのない読者が多いということに気が付いたのである。でもそういう読者がカタカナで表記されたことによって、〈ススメ〉が〈ススメススメヘイタイススメ〉であることを知った時、この句は新鮮な驚きを持って心に迫り、〈還らざる〉が、生きて帰らざる、であることにも胸を痛めうるであろう。その時池田澄子氏の埋めたジュモンは種のように発芽してなすべきこと、してはいけないことを、ささやいてくれるであろう。

石川九楊氏の著書に『日本論』がある。彼の主張の根本は日本語は漢字・ひらがな・カタカナ三種の文字の混合、そのかたちから日本文化を語りうるとするものであり、「それまでの多くの日本文化論は目隠しして象を撫でるようなもの」として俎上にのせている。その説に異論も多いかもしれないが、日本語の三種の文字、そしてその書き方に種々の時代の文化が深くかかわり形作られてきたことは間違いないであろう。そこから敷衍するとこのカタカナの表記が日本の近代初期に果たした役割は大きかったに違いないし、また表記方法はその時代の文化の特徴を表していることも間違いないであろう。時代時代にはその時代にふさわしい表記方法があるはずである。少なくとも新しい趣は古い表記法に盛り付けるのはふさわしくない。

泉あり子にピカドンを説明す　『たましいの話』

泉とピカドン、なんとも切ない取り合わせである。

この池田澄子氏の句の景は写真にとっただけなら美しい。泉が湧いている。その横で草に腰をおろし、若く美しい母親が子供たちに何か微笑みながら、語りかけている。あどけない子供たちは母親の膝にもたれかかりながら、母親の顔を見上げ聞いている。だが、その話の内容が聞こえた途端に読者のイメージは砕け散る。ピカドンなのである。当時日本の国民のほとんどは核爆発の意味を知らなかった。「ピカドン」、そのように原爆を人々は呼んだ。泉の周囲には水を求めてさまよう被災者の影のような姿が幻になって現れる。

性急に語りすぎた。「泉あり」という上五の言語世界を語ろう。

「泉あり」という言葉には美しいしかも戦後の荒廃から立ち上がっていく人間達の、貧しい中でも文化を希求する人々の姿が、私の脳内の意味の世界を形成している。簡単に言うと『ここに泉あり』という映画を思い出すのである。若い人はご存じないかも知れぬのでWikipedia（ウィキペディア）から引用しよう。（便利な世の中になったものだといえる）

…『ここに泉あり』は、1955年（昭和30年）2月12日公開の日本映画。中央映画製作、独立映画配給。監督は今井正、主演は岸恵子。モノクロ、スタンダード、150分。

高崎の市民オーケストラが、群馬交響楽団へと成長する草創期の実話を舞台としたヒューマンドラマ。作曲家の山田耕筰、ピアニストの室井摩耶子がそれぞれ本人役で特別出演している。第29回キネマ旬報ベスト・テン第5位。１９８９年「大アンケートによる日本映画ベスト１５０」（文藝春秋発表）第１５０位。

ながながと引用したのは、少しでも戦後の光景や雰囲気を記憶しておられる方にはそれを思いだして欲しかったし、知らない方には興味を持つあるいは雰囲気をイメージして欲しかったからである。私はこの映画を何度か観た。その思い出す映像はいずれもがセピア色だが、薄暗いごみごみした場所だった記憶がある。一度は高校の学園祭での上映だった。私の通った高校は新宿の繁華街にあった。今の新宿を想像してはいけない、南口甲州街道沿いの坂道の脇には女剣劇大江美智子一座の芝居小屋が掛かっている時代だ。文化祭の準備の為に泊まり込んで朝食を西口の屋台へ食べに行った。そこはニコヨンと呼ばれる人々のたまり場所でとても朝から賑やかで安かったことと、この映画を観たことが今では記憶の連続したシーンとなっている。

その日は学園祭当日、どこかのクラスで『ここに泉あり』を上映していたので、しめしめ暗くて寝るのに都合が良いと潜り込んだ。だが結局映画の話に引き込まれ、寝ないで全部見てしまったのだ。もう一度観たのも似たような状況、どこかの大学祭での教室、これもセピア色の記憶しかない。群馬交響楽団は市民によるオーケストラで働く人や子どもたちに美しい音楽を与えようと終戦直後に結成されたものだ。映画はその奮闘する姿を今井正監督が感動をもって描き、全国で自主上映されていたという記憶がある。「泉あり」という表現をした時、池田澄子の脳裏に此の映画のことが存在していたかどうかは知らない。しかし、「泉湧く」でも「泉の辺」でもなく「泉あり」としたことで氏の中にそのイメージが少しでもあったと私は思いたい。

ピカドンを詳しく述べたい。言わずと知れた（「いわずとしれた」という表現もいつまで使えることか……）広島で史上初めて人類に対して投下された原子爆弾のことである。ピカドンという一種おどけたような名称は、当時被災した方たちの体験を、そのまま言葉にしたと考えると恐怖がいやます。ピカッときてドンと衝撃を感じた途端、その人のすべてが一瞬の間に地獄になったのである。その恐ろしさは、戦後様々なメディア等を通じて、また語り部たちを通じて、直接被爆しなかった日本人にも心ある外国の人々にも伝わってきた。しかし、悲しくも恐ろしいことに、これらの惨劇ですら、ややもすると風化することである。ましてやその恐怖の感情も忘れ去られ、リアルさを失ってゆく。このピカドンという名称も、現代ではユルキャラや怪獣の名前とひとからげにされかねない。

句にもどろう。下五が「説明す」という表現になっている。「説明す」という、すっと心に入るには抵抗のありそうな言葉を使っているのは、現代では説明しなければならぬことへの一種の抵抗のような感情の在り様を感じる。すなおに「子にピカドンのこと語る」とか話すとか言いたくなかったのである。

池田澄子氏はこの句の泉と原爆の取り合わせの中に、ピカドンの記憶が風化しないことを祈り、呪文をかけた、つまり様々な仕掛けをしたのだと思う。氏が意識して、そうしたのでなければ、氏の平和を希求する魂に不可思議な力がそうさせたのである。

忘れちゃえ赤紙神風草むす屍　『たましいの話』

この句が単純な惹句のように感じないのは、「忘れちゃえ」という反語的措辞のおかげなのである。赤紙も神風もそして、草むす屍という言葉も、戦争にまつわる厭な言葉である。それ故に、忘却されるべき単語・言葉かもしれないし、いや半分は死語になりかかっているだろう。でも戦争に辛い経験を持つ人々にとっては忘れようとしても忘れられない。その気持ちが「忘れちゃえ」という口語的な命令調となっている、しかも自分に言って聞かせるための命令となっているのかもしれぬ。

だがこれは、池田澄子氏の反語的措辞でもある。あの苦い経験を忘れてはいけないという、心理の襞の中に仕掛けられた警鐘である、もしくは魔封じのお札である。再びこれらの言葉が活躍し始めることのないことを願っての魔封じである。

ちなみに、「赤紙」は軍隊への召集令状、「神風」は元寇時に吹いて敵船を沈めたという大風のことであるがここでは戦争末期敵船に体当たりして自爆攻撃をした攻撃隊に付された名称である。「草生す屍」はすでに由来を知る人もすくなくなっている。『海行かば』という曲の歌詞の一節である。『海行かば』は戦前将官礼式曲として作曲されたが、戦時中ラジオ放送で玉砕が報じられるたびにその前奏曲として流された。この言葉自体は大伴家持の『陸奥国に金を出す詔書を賀す歌一首、并せて短歌』にあり、〈海行かば 水漬く屍 山行かば 草生す屍 大君の 辺にこそ死なめ かへり見は せじと言立て〉という一節である。

これらの言葉は戦争に否応なく引きずり込まれた一般庶民にとってはまがまがしい意味合いの言語空間を有する。言葉が復活してまがまがしく働きださないためにも人は忘れ去ることなく封じ込めの呪文をかけ続けなければならない。

戦場に近眼鏡はいくつ飛んだ　『たましいの話』

戦場カメラマンの眼が捉えたと思えるような景だが、「いくつ飛んだ」という措辞はやはり言語ならではの意味の空間を形成している。言語と写真による写生の違いが明確だ。自解で池田澄子氏は父親が近眼鏡をいくつも戦場に持って行ったことを述べているが、読者はあちらこちらで倒れていく眼鏡をかけた兵士、こわれた眼鏡の接写シーンが浮かぶのである。

すこし、精神的にくたびれる話を書きすぎた、寄り道をする。

眼鏡をかけた兵隊というと丸眼鏡を思い出す。その理由を考えると『麦と兵隊』を歌っていた東海林太郎のトレードマークが直立不動と丸眼鏡だったからだろうと思い当たった。他に丸眼鏡で思い出す人間は東条英機だが、これは出て来ぬように封じ込めたい。そうだジョン・レノンが良い。ジョン・レノンの丸眼鏡は英国のＮＨＳという保険制度が利く、というより無料で支給される眼鏡。ファンなら知っているかもしれないが、ＮＨＳの眼鏡はダサイものの代名詞だったのだが、一躍世界的にかっこいい眼鏡として大流行した。無料で支給というと米軍では眼鏡は官給品ということを聞いたことがある。

八月来る私史に正史の交わりし　『拝復』

「八月」という言語空間には、楽しい夏休みの思い出とともに、原爆忌、敗戦記念日、そして祖霊の戻るお盆、夏祭り。複雑な思いや感情が言語空間をなしている。まさに私史に正史の交わりである。交差しているのである。

私は、この句を最初は選択の中からはずそうかと思った。あまりにも内容が当たり前といえば当たり前、大した感興を呼び起こしてくれなかったからである。しかも抽象的な言葉の行列ではないか。しかし池田澄子氏の新しい色彩を放つ一連の「社会的俳句」を並べて見ているうちに、次第にそうだなという感興が湧き始めたのである。もう少しいうと、たぶん氏と思われる顔がぽうと句の後ろに浮かんだからである。もしかしたら、いま述べたことは錯覚で、直前に「口紅」という決して明るくない雰囲気の一連の句を読んだために生じた脳内環境の揺れかもしれぬ。ことほど左様に八月とはそういう月である。

兵泳ぎ永久に祖国は波の先　『拝復』

この句は一読して、戦争映画のシーンを思い出す。例えば『男たちの大和』にこのようなシーンがあったかもしれぬ。撃沈され軍艦から放り出された若い乗組員が、祖国に待つ自分が愛し、また愛された人々を思いながら、洋上の波間を漂うという、戦争の度にくりかえされた悲劇のシーンである。でもこの句にはそれだけではない悲しみや愁いを読者の心に呼び起こす力を持っている。

句に使われている「祖国」という言葉には人の心を刺激する何かがある。昔ロシア民謡の「ともしび」という歌が若者の間に流行った。中学生だった私もコーラスで歌った覚えがある。その何番かの歌詞に「祖国」を思うくだりがあり、スローな4拍子でハモりながら思わず胸が熱くなった記憶がある。歌声喫茶の全盛の頃である。

だが、実際は「祖国」という言葉には複雑な思いと愛着を覚える。複雑さというのは例えば山崎豊子『二つの祖国』の主人公が持つ心の葛藤である。主人公は所謂残留孤児として産みの親の日本人と育ての親の中国人と二つの祖国を持つことになるのである。もともと長い人類社会の歴史では、国と呼ばれる概念は近代国家が生まれるまではすこぶる曖昧である。日本は島国という地理的条件があったためか、多くの人が日本人ということと国籍との間にさしたる矛盾を感じないが、多くの民族が混在し、国境が時代によって変化する地域では、祖国の概念が有する感情的問題は複雑であることは想像に難くない。ましてや、現代のようにグローバルな形で文化が影響し合えば、自分の帰属する祖国概念が希薄にもなろう。

とはいえ、不思議なことに人間は自分のアイデンティティを所属するグループにおきたがる。だから祖国概念と国家概念は統治する側では一致させたいにもかかわらず、必ずしも一致せず、つねに心の葛藤の原因と今後もなるのであろう。

もどって掲句にある「祖国」という文字を使用したとき池田澄子氏の脳裏には波間に漂うリアルな若い兵士達の姿しかなかったかどうかは判らない。しかし読者である私は、そのリアルなシーンを思い浮かべながらも、この若者が殉じることになった祖国とはなんだったのか、あるべき祖国の姿はどうなのか、心の中で自問しなければならなかったのである。

今日のように日昇り東京大空襲　『思ってます』

東京大空襲を思い起こしての句、常と異ならぬ日輪を仰ぎ見て、あの日の夜明けの地獄の景をイメージしたときの感慨である。平明な句であるだけに、心に刺さる。東京は第二次大戦末期、大規模な空襲だけでも五回も受けている。わけても「東京大空襲」と呼ばれる1945年3月10日の下町を中心とする夜間爆撃だけで推測10万人以上の死者がでた（ブリタニカ）。我々日本人は3・10、3・11と連続した負のメモリアルデーを持っているが、このどちらも風化させてはならない。

池田澄子氏の句は戦争を扱った句でもさらりと日常の感覚の中に詠い込む。根底にある戦争への憎しみは人一倍であるに違いないが、そのことをそっと土へ種をうめこむように忍び込ませる。それに気が付いたときに戦争への憎しみが芽生えるように呪文をかけて。

§2 「命は楽しく」現代の無常への対処

○趣も時代を反映する

現代俳句特有の趣というものがあるのだろうか。句材を例に考える。句材が過去の時代になかったモノならば、それだけで現代の趣になる機会はあるだろう。また昔からの句材でも捉え方が新鮮なら現代の趣になりうる。俳句で重要な役割をはたす季語の趣はどうか。季語はモノコトそのものとして新鮮というわけではなかろう。本意などというのも伝統的に昔からある趣に過ぎないともいえる。しかし季語に対して新たな趣を付け加えることはできる。季語自体を付け加えることすら芭蕉は奨励する。【見る処花にあらずといふ事なし】で森羅万象に趣を感じ、それ故、常に新鮮な趣を発生させているのが俳句であると俳人は思っていよう。しかし「新鮮」という感覚は、かなり俗人的で曖昧、「現代の趣」ということを説明したことにはならないという不安がある。その時代ならではの趣というものがあっても良いと思う。

趣という言葉の意味は辞書には【しみじみとした味わい】とあるが、筆者の使う「俳句の趣」は必ずしも「しみじみ」だけではなく、もっと広く作者や鑑賞者が感じている「味わい」とでもいうべき意味である。日本の文化ということを考えるとそこを貫いている趣があり、いくつかのキーワードに集約できるであろう。無常・花・わび・さび・エトセトラという具合に。芭蕉が『笈の小文』で〈西行の和歌における、宗祇の連歌における、雪舟の絵における、利休が茶における、其貫道する物は一なり〉と記した言葉も理念は一つと述べているが、実際にはいくつかのキーワードだろう。しかも【其貫道する物は一なり】とはいえ、それらの趣の様相は時代によって異なるし、趣を醸し出すモノコトも時代によって人によって変化することは当然であろう。現代特有の、いや現代で支配的な、という意味でも良いが、そういう趣というものがあるはずだ。

○命のこと、輪廻転生のこと

池田澄子氏は古くからの宗教的概念である輪廻の世界を新たな様相の趣として句の中に持ち込んで成功している。輪廻は当然「命のこと」でもあるし、無常との関係を考えても、「其貫道する物は一なり」の最重要キーワードであろう。現代の趣は現代の生命観を基本としているといっても過言ではない。

じゃんけんで負けて蛍に生まれたの　『空の庭』

これはもしかしたら我々が生まれてくる前に行ってきたゲームかもしれない。志ん朝の落語で出雲に八百万の神々が集まって人間の縁談を決めるという噺があったが、この句のじゃんけんは何に生まれるかを決めるゲームである。かつ偶然の「神様」が決めてくれる。穿った言い方をすれば、偶然が支配しているのが命ということ、それを現代人が認識していることによって成り立ちうるシチュエーションが表現されているのである。その上この句の面白さは生まれ変わるものが蛍だという事だ。蛍にはもともと魂の表象の意味合いが強い。じゃんけんで負けた魂にはまたごく短い間に次の転生が待ち受けている予感がするところが怖ろしい。

いつしか人に生まれていたわ　アナタも？　　『いつしか人に生まれて』

ふと人生のある時点のこと。自分はいつしか（人でないものから）人に生まれてきたのだ、と気がついた。ところで、アナタもそう？　と質問したのだろう。この句はさりげなく転生思想を織り込んだところに、現代での面白さがある。

さらには下五の音律には新規性のある表現があり、目を惹く。下五は疑問符を入れて五音を形成しているのではない、前の空白が一拍の休止をともない、五音となっているのである。疑問符はイントネーションを示し、謡曲のハネ節のようなものだ。要はちょっとためらって「アナタも？」と誰かに尋ねているのである。俳句において表現様式に対して保守的な考えを持つ人はカタカナを使うことさえ避ける傾向があった。そういう人にとっては、疑問符の使用は、村の中を青い目の人が歩いているのと同じ感じがするのではないか。

句意から言うと〈アナタも?〉は純然たる質問なのか、それともアナタもそうだよねという確認的意味合いを持つのか。たぶん作者自身にとっても、どちらともいえない疑問符であろう。断定こそ俳句の表現法と信じる人にはこういう曖昧さは肯んじえないかもしれない。だがこの曖昧さが現代の鑑賞者にとって心地よさを生じさせることは否定できない。

産 声 の 途 方 に 暮 れ て い た る な り　　『いつしか人に生まれて』

俳句教室でこの句を採り上げたら、「赤子の母親には事情があって産声を聞きながら途方にくれている」という珍解釈もあった。上五で切れていると考えると他にもいろいろな解釈が成り立つ。だが、この句は新生児の産声がそのように聞こえたと解するべきだろう。そうすれば、すぐ芥川龍之介の『河童』を思い出す。出産の時お腹の中に居る河童のバッグ(という名前だったかな)の子は「僕は生まれたくありません」と言ってこの世に出て来ることを拒否するのだ。不条理な死が存在するように誕生も新生児にとって不条理といえる。自分の意思を示すことのできぬ赤ん坊は、途方にくれた産声で泣くしかない。

現代の生命観は物質観との境界がぼやけはじめた。個々の人の生命の誕生は宇宙全体に値する価値がある喜びである、ということを人は信じたい。しかし生命は物質の世界に在ってはワンノブゼムに過ぎないことをも我々は識ってしまった。こういう時代では、個の命の意味はどうなるのであろう。この句には恐ろしい命の孤独感がある。俳句は理や思想を語るには不向きである。しかし作者は鑑賞者にそれを呼び起こす呪文をこめることはできる。澄子氏の俳句はそれを可能にしている。

○輪廻転生から同化へ

人が何かに生まれ変わるという考えは、かつては迷信と排斥された、とりわけ近代以降は合理主義と科学の名のもとに恥ずべき後進性を意味し、社会の敵とされた。人間性より「合理」性を近代主義は重視しがちである。澄子氏はあえてそのような近代主義に挑戦したのだろうか、それは分らない。しかし現代科学がもたらした新たな時代の生命観・物質観に意識的あるいは無意識的に感応して俳句に反映させていることは間違いないだろう。多くの俳人や詩人は近代以降にも、野蛮な人間性を無視する近代主義には様々な形で反抗してきた。それが見当違いになり時には反科学主義という愚かで頑なな思想に陥る人もあったが。澄子氏の感性は万物の生命に対し柔軟であり、それを表現する方法においても柔軟である。呪文のごとく鑑賞者を捉えることができる。

もうすこし転生と同化について述べる。私の先祖は烏であるというようなアニミズム的感覚は宗教的概念というより人間が原始の時代から有している土俗的感覚といった方がよいだろう。魂はこの世に生まれ変わるという輪廻転生の思想も、仏教の教義と言うより、同じように土俗的感覚から発生したのだろう。インド・東洋のみならず古代ギリシア等々にもみられる思想だという。

近代以降の社会では、その時代の合理性に合致しない土俗的な感覚を一絡げに迷信と忌避し、暴力的に排斥または笑い捨ててきたのは先に述べたとおりだ。例えば井上円了『迷信と宗教』には大正時代の『国定小学修身書』には迷信の課題が掲げてあり、当時の迷信の例をあげこれを諭すべし、とある。

しかし、時代が進むにつれ人間は、その種の感覚の生じる根本的な原因がもともとの人間性にあることに興味を持ち注視するようになった。そして、時代の進行につれ、生命や物質の循環等々もっと深く生命や物質・宇宙の存在に関する理解・知識が増大するにつれ、日常生活の中でも命とは、死とは、を今までの時代にはない新しい感覚で考えることができるようになった。

新しい時代における生命観は「同化」の感覚を伴う。人間が自分以外のモノに、なりきることだ。実際にはそのものの感覚になろうと想像することだ。同化は現実には作者や鑑賞者の観念的な想像にすぎないかもしれぬ。しかし、その感覚は古代から存在する自然な感覚でもある。現代人はそれを科学的知識の到達点として識ることができる。その瞬間【宇宙全体から見ればあらゆるモノは個人の命と等価である】ということを納得し、それゆえに命のみならず存在するモノすべてと自分の存在が融和していることを感じるのではないか、そこに生まれる感情こそ芭蕉以来説かれてきたモノと心の融合とか、物心一如とか、真実感合とか呼ばれた趣の現代版ではないか。そしてその趣が具象化すると現代では「同化」の句になる。澄子氏の句には、この「同化」の趣によって成り立つ句がめだつ。

おどりいでたる蚯蚓のみみずざかりかな　『ゆく船』

澄子氏の眼はヒトの眼ではなく造化者と同じ眼、もしくは蚯蚓に同化した眼に（蚯蚓に眼が有ったっけ?）なっている。でなければ「みみずざかり」などという言葉が出て来るはずがない。本人は造化者などと会ったこともないし、とてつもない存在の眼も、蚯蚓の眼も有してはいないと言うかもしれない。それともお元の犬（落語「元犬」）のように「はい今朝ほど人間になりました」というだろうか。突然地上に出て来た太い蚯蚓の元気に動くさまは、鑑賞者の眼で見ても、まさにみみずざかりといいたくなる生命力に溢れているのである。

山椒魚ついついい山椒魚を産み　『ゆく船』

山椒魚と「同化」した視点の表現だ。「ついつい」という表現が澄子氏の山椒魚に対するエンパシーを感じさせる。俳句の鑑賞には季題の本意のごとく、句材に使用されるモノコトに歴史的にまつわる言語空間（モノの象徴性や言語の持つ意味合い・連想されるものと言い換えても良い）が作用する。

山椒魚と言えばその匂いを嗅いだことのない人もハンザキにして食べたことのない人も、井伏鱒二の短編名作『山椒魚』でなんとなく親しみを持っている。成長して川底の窟から出られなくなった山椒魚の悲嘆を中心に、小海老や蛙とのやりとりが描かれているこの作品は学校教科書にも載せられているせいか多くの人々が覚えている。そして多くの人々は頭でっかちの知識人の閉塞感とかなんとか寓意を読み取ろうとする。ところが、澄子氏の作品はそのような寓意とおおよそ関係がない。山椒魚が閉塞感の具象的存在であるとしても、ついつい山椒魚を産んでしまったことにはまことに「軽い」面白さがある。

私にとっての山椒魚は井伏鱒二ではなく、漫画家つげ義春の『山椒魚』である。こちらの山椒魚はどういうわけか下水道に住んでいる。別に閉じ込められているわけでもないが、不快な空間にこの山椒魚は慣れてきて、しだいに流れて来るモノに興味を抱くようになる。ある日山椒魚には得体のしれないものが流されてくるが、それは人間の胎児であった。結局彼には正体がわからずじまいでそれに頭突きを与える、という筋だ。漫画の最後のセリフ「明日はどんなものが流れてくるのか それを思うと俺は愉しくてしようがないんだ」というものだ。実はつげ義春は井伏鱒二同様に釣り好きで、また井伏ファンである。当然つげの脳裏には鱒二の『山椒魚』があったであろう。つげの『山椒魚』には鱒二の作品に比較して寓意臭が薄い。しかし、ぬらぬらしたものへの同化、しかも死者が土に還っていくような不快感を交えながらの同化、此の世に対する慣れと諦念のようなものをより強く感じる。ひょっとしたら一種の虚無に通じる無常感のようなものかもしれない。

しかし、鑑賞者がつげ義春を想起したのは山椒魚を「産み」という言葉から胎児へという単純な連想だったのかもしれない。澄子氏の「ついつい」という言葉にはもっと日常的な「軽さ」がある。それこそ現代の同化感覚だ、重くれたところのない同化感覚である。まちがいないことは澄子氏の俳句はわずか十七文字で他のジャンルの作品に匹敵する、あるいはもっと豊かなイメージを鑑賞者の中に生み出すことができることである。

まさか蛙になるとは尻尾なくなるとは　『思ってます』

この句などは、転生観というより、同化の感覚、その視点からの句である。澄子氏の現代俳句の趣を構成する主な視点のひとつである。ある意味でアニミズムともいえる。

回り道をしてアニミズムという言葉について少し触れたい。他の動物への転生観や同化の感覚はアニミズムに通じている。いやむしろ「同化」の感覚こそアニミズムである。俳句にかかわるアニミズムという言葉でよく引き合いに出されるのは金子兜太である。兜太自身はアニミズムという言葉でなく、「生きもの感覚」という言葉をよく使う。池田澄子氏と金子兜太の対談を記録した『兜太百句を読む。』という本がある。その末尾に次のような箇所がある。

金子　「いきもの感覚」。ただ「アニミズム」っていうとちょっと生臭いんだ。
池田　そうなんです。「イズム」じゃなくって、もっと素朴な感覚、体を通した実感と言ったらいいでしょうか。無心に腹式呼吸をすると、そのお腹に深く秩父の地霊の土のような匂いがね、届くような感覚。

金子　土の匂い……。山霊ですか、山の魂。山霊、地霊。

池田　先生の身体がそれを待ち受けていて、受け止めるんですね。そうすると、ジュゴンの気分だったり、虎ふぐの心持ちだったり。芽吹く木だったり、散る花びらだったり。これからもきっと椋神社のご加護がね、続きますね。……

ここでいう地霊の土の匂いを感じる感覚、ジュゴンや虎ふぐの気持ちこそ「同化」の感覚であろう。まさにこれは池田澄子氏の「同化」の感覚が作り出す句である。蛇足であるが兜太の秩父を詠った土俗的な句には土の匂いがするが、有名な句〈おおかみに蛍が一つ付いていた〉には土俗的な匂いが感じられない。近代の象徴主義的な雰囲気が漂っているのですくなくとも兜太アニミズムの代表作のように扱うのは兜太の本意とするところではなかろう。

○「同化」からの発展

豆の莢からぽろぽろっと生まれたし　『ゆく船』

ピーマン切って中を明るくしてあげた　『空の庭』

命というのはもちろん動物だけでなく植物にもある。植物にも感情が存在するという考えすら存在している。だから同化は動物のみならず植物に対しても人間は感じることができる。豆の中から生まれるというのは転生願望であるし、ピーマンの中を明るくするという行為を考え付く心はピーマンと「同化」しているのである。しかも人間は命を超えて無生物にすら「同化」できるはずだ、それこそモノと感合することであろう。澄子氏の句に詠われるように転生を重くれずに詠いあげることの背景には、やはり現代の無常感、私に言わせれば「非情」を趣とする感覚（「非情観」と言おうか）があるとしか思えない。「非情観」にもとづく「非情」の句は、したがって痴呆的・ただごと的様相を呈することが多い、つまり従来のように「理」や「情」を重んじた句とは対極を目指す句である。澄子氏はこのピーマンの句について、知性にも知識にも関係のない、主張も見栄もない完全痴呆的な句である、という。また、このような句を作ってみたくても案外できないものだという。そしてそれが自分らしい句であるという。澄子氏の魂は「同化」という過程を経て全宇宙に向かって解放されることを希求しているのである。このことこそ新しい時代の「造化の誠」に向かう道筋の大道だと思う。

　人類の句の土偶のおっぱいよ　　『たましいの話』

一見すると、視線が土偶の大きな乳房に向けられただけの写生の句である。だが、「句の」という一言で句の趣はたちどころに眼前の世界から高く宇宙的空間へと舞い上がる。先に鑑賞した「みみずざかり」は一個の生命の句のことである。だが、ことは「人類の句」であるから、これはヒト亜族であるホモ・サピエンス・サピエンス全体の栄枯盛衰・生命の周期の視点で眼前の土偶をみているのである。当然であるが、これも進化論を始め生物が変化していくという科学知識が背景にある。しかも人間も種としての周期があるのかもしれないという漠然たる不安、でもわれわれの時代では大丈夫だろうという打消しが大なり小なり、ないまぜになり脳裏をかすめていく現代人ならではの無常感や大きな生命観が背景にあるのであろう。でも作者である澄子氏はこの土偶のおっぱいはなんと大きなこと、こうやって安産を祈ったあの時代こそ人類も旬だったのかもしれないと、ただただ驚いて見せるのである。それが俳句の表現方法であるし、鑑賞者に余地を与える俳句ならではの表現様式であろう。現代俳句は鑑賞者の言語空間との共振をさらに重視するという方向に未来を見出すことが必要だ。

§3　日常という空間、そして異空間

命に関する句、社会性のあるテーマの句に加えて、池田澄子氏の句を池田澄子氏の句たらしめているのは独特のエスプリ（と呼んでもいいと思う）にもとづく面白さである。現代の俳味と呼ぶのがふさわしい句が多い。一般に俳味は千変万化のところがある。具体的に句を見ながら鑑賞者達がその句の鑑賞を積み上げて評価を定めていくほかはあるまい。

鯣マラルメ年の始めが暇である　『いつしか人に生まれて』

私の愛唱句だ。鯣は、噛めば噛むほど味が出るということで酒のおつまみ的好物である、マラルメも暇なときにじっくり読むのが良く仏蘭西象徴主義の、ちと難解な詩人だ。そういえば鯣もマラルメもこのごろあまり口にしなくなったが、歯や脳が弱くなったことだけではないかもしれぬ。私事はさておき、この句は七七五の音数で構成されており、俳句のリズムとしては変則であるが、いわゆる字余りとは違い七七五でリズミカルに読める。特にこの句は「スルメマラルメ」と一挙に音を楽しみ、そこで切れがあり、下の句に移る。音の響き、間合いといいモノの「取合」といい、実に気持ちよく読める。中七以下で新年の句であることに気が付き、そうだ正月くらいだよな、暇なのは、と鑑賞者の共感を呼ぶところが良い。作者も楽しみ、鑑賞者にとってもサービス満点の句である。

俳句鑑賞の面白さの中にアフォリズム的な共感、あるいは無内容に近いが「あっそうか的」な共感がある。共感という点では似ているが「情」の在り方で対極にある。「あっそうか的発見」に澄子氏の俳句の趣は満ち溢れている。

アフォリズムはしばしば少ない言葉で語られるために、俳句の世界との境界が薄れていることが多い。また俳句の愛好者にもそういう趣を好む人が決して少なくない。アフォリズムはしばしば金言などと訳されるが人生の教えとして役立ちそうな言葉ではある。例えば、よく色紙に書かれる、相田みつをの言葉【人間だもの（七転八倒／つまづいたり／ころんだりするほうが／自然なんだな／人間だもの）】などもアフォリズムの一種であろう。俳句の領域で言えば有名な中村草田男の句〈勇気こそ地の塩なれや梅真白〉などがまさにそれにあたる。思想を顕わにした「情」の句であり、共鳴する人には魅力である。

それに比して有益性ということでは無意味だが鑑賞者が心を動かすことのできる（ほのぼのとする、癒される、はたと膝を打つも有益と言えば有益だが、世渡りが上手になったりするわけではないということで無価値）句というものがある。多くは新鮮な趣、納得する趣等々の意外感が基本にあり、多くは「非情」の句に属している。

さしあたり箱へ戻しぬ新巻鮭　『たましいの話』

日常のモノコトの中にふとした趣を見出し、それが鑑賞者に共感を呼び、癒される。澄子氏の俳句について書かれている言葉をあちこちから紡いでいくと、それが一番俳句と向かい合う澄子氏の願いであると思う。

この句に関してどなたかが（もしかしたら澄子氏自身だったかもしれない）サザエさんの漫画を引き合いに出していたのを覚えている。そう、四コマ漫画のテーマになってもおかしくない。日常の中にあるふとしたモノコトにおぼえる趣、それこそ現代の【見る処花にあらずといふ事なし。おもふ所月にあらずといふ事なし。】の重要な要素なのではなかろうか。そして鑑賞者はそこに現代の癒しを求めうるのである。

茄子焼いて冷やしてたましいの話　『たましいの話』

焼茄子は良い。冷やして皮を剝くのも良し、熱いままに箸で二つに裂き、上がる蒸気をものともせず醬油をかけるも良し。これはたぶん飲み屋の景なのかな、いや夕方の食卓でも良い。とにかく日常のモノコトである。そこへ〈たましいの話〉がひょこんと飛び出す。こういう話は突然飛び出すのが良い。短い沈黙の後、唐突に飛び出すのが良い。フランスでは突然会話が途切れた時に「天使が通る」というそうだ。チェーホフの『かもめ』にも「静寂（しじま）の天使、飛び去りぬ…」という言葉があったから広くヨーロッパでは使われているのかもしれない。日本でおいしい茄子を食べている時に突然魂の話をするのは、なにかしら魂のようなモノがそこを通りすぎて行ったから、かもしれない。魂はナスビのような形をしているかも。

バナナジュースゆっくりストローを来たる　『たましいの話』

そうなのである。バナナジュースさんならストローの中をゆっくりと上っていらっしゃるのである。鑑賞者は自分の経験に合わせて大いに納得して満足する。

元日の開くと灯る冷蔵庫　『空の庭』

日常の景であるが、元日というと気分の改まる日でもある。人間は普段見慣れたモノコト、形や動き、が突然奇妙、あるいは不思議なものとして目に飛び込んでくることがある。形が歪んで見えるというのなら、それは眼の疲れか病であろうが、形は見慣れた形にもかかわらず何かしら奇妙な気がして腑におちない。それは一瞬この空間に異次元の空間が滑り込んだからだと自分で納得するようにしている。蛇足だが、突然物の形に嫌悪感を覚える「不気味の谷現象」と呼ばれる美学・心理学・ロボット工学などで問題とされる心理現象があり、それに似ているかもしれないが、奇妙感だけで好悪感はない。

それはさておき、この句が鑑賞者に与えてくれる楽しみはこの現代での冷蔵庫においては当たり前の現象のどこに作者は興味を覚えたのか、ということを考えさせてくれることである。この句に触発されてか、冷蔵庫の扉が閉まった時に電灯は消えていて開くと灯ることを実験的に確認した人がいたようであるが、実に此の句は偉大なる影響を与えていると言わざるを得ない。これも無用の用、大ただごと、意味の無い「非情」の句の仲間である。そして、開ければ灯るように作り上げた人間のシステムが元日という特別な日にも平然と定まったとおり動き続けることに奇妙さを感じるという人もきっとこの句に感じ入るのではないか。

セーターにもぐり出られぬかもしれぬ　『空の庭』

そもそもセーターというのは恐ろしい。『エルム街の悪夢』で夜な夜な夢で襲ってくる殺人鬼は赤と緑の縞セーターを着ているし、小説家のフリオ・コルタサルによればセーターから頭を出せないで12階から飛び降りた男がいたらしい。そんな怖ろしい経験はしなくても、確かにセーターに頭を突っ込むと異次元の空間を味わえる。この闇はどこへ通じているのか、いま自分の頭はこの複雑な空間のどこにいるのか。確かにセーターの中には日常の空間に開いた異次元空間への入り口が存在している。澄子氏はそれを発見したのだ。

§4　『此処』にあったモノコト

2020年2月号の「俳句」誌に池田澄子氏の新作50句「口紅」が掲載された。すぐ次の句を思い出した。

口紅つかう気力体力　寒いわ　『いつしか人に生まれて』

例によって、一拍休止付き、この句は少し首すじでも縮めて「寒いわ」といったところだ。ちょっとした日常の趣「つぶやき」であり、鑑賞者が口紅を使用したことがない男ならそんなものかなと、あまり同調もしにくい。そこへこの「口紅」の50句であった。まずざっと目をとおしたら、あった、あった口紅を句材とした句が49句目に。

生き了るときに春ならこの口紅

死は他人からみた現象だ。自分では「生き了る」だ。句はその時が春ならこの口紅にしようという句意だ。〈春なら〉という言葉が素敵だ。西行だって芭蕉だって花や月の下で死んでも、口紅の色を選ばなかったし、できなかったであろう。美しい景だ、だが、この口紅は何色だろうか。桜色かな、それともジュモンをかけるにふさわしいギリシャのワイン色かな、などとふわふわしたことを考えていた。だが「口紅」の最終の句に眼が移ったとたん、ふわふわが瞬間冷凍されたようにコチンとなってしまった。

ショール掛けてくださるように死は多分

うかつにも鑑賞者である私には〈生き了る〉が〈死〉そのものとしてすぐには感性に響かなかったのである。澄子氏は死という大いなるものは、やさしくショールを掛けてくださるようにヒトの命を了えさせてくれるのだろう、きっと『生きる』の志村喬がそうであったように多分、とつぶやいているのである。この句は、あまりに死の景が美しすぎる故の怖さがある。

実は、〈生き了るときに春ならこの口紅〉の句は同年6月に刊行された最新の句集『此処』の挙句として載録されている。そして、その前の句が〈ショール掛けてくださるように死は多分〉である。すなわち初出のときと順序が入れ替っているのである。そのことが鑑賞者である私には不思議であったし、今でも考え続けている。

私は『此処』の世界を丁寧に歩いてみた。そしてまず感じたことは、この句集は「生き了る」ことが必然である人間の無常感を昇華するために詩歌が行ってきたことを改めて現代に示したものかもしれないということに気が付いた。『此処』には全部で380句が採録されている。まだ全貌が分ったわけではない。

句集『此処』の中に「死」という文字を扱った句は「生き了る」という一句を加えると、なんと11句ある。『此処』の大きなテーマに「死」があることは間違いない。「死」は詩歌が発生した時からの重要テーマだ、そして時代々々によって「死」がもたらすイメージは変化してきた。現代の「死」はどのようなものなのか、「生き了る」と「死」という表現の違いに何かヒントがあるような気がしてきたのだがもう少し時間をかけて考えたい。

命や魂のことを考えるということは死をも考えることである。西行が〈願はくは花の下にて春死なん その如月の望月のころ〉と詠ったのが治承・寿永の頃（1180年代前半）だと言われている。享年72歳でその十年ほど前にあたる。芭蕉が『冬の日』で荷兮の〈こがれ飛ぶたましゐ花野かげに入る〉に〈その望の日を我も同じく〉と付けたのが40歳の頃だというから、やはり十年前だ。昔は平均寿命のことはさておいても、わりあい早いうちから死について考えるのが当たり前だったのかもしれない。無常が美の根底にある日本では当然日常事として死を意識していたのであろう。現代人にはやはり現代人ならではの無常感があるとすれば、それを日常の中に昇華するために存在していた日本の詩歌の役割というのも、今でも生きているはずである。端的に言ったら、俳句を含め詩歌が死を大きなテーマにするのはごく自然なことである。

『此処』における池田澄子氏の俳句は、無常の先には死があり、詩歌はその死を美に昇華してくれるということを改めて鑑賞者に思い出させてくれたのである。

§5　現代の趣を呪文として

池田澄子氏の俳句には現代から未来へ向けての触手がうごめいている。それは命や現代的輪廻を扱った句、「同化」の感覚を詠った句、日常の中の「非情」の趣を詠った句などである。それらが現代の俳句の趣の大きな部分をなしていると考えている。また、それらは日本の詩歌の底流として延々と受け継がれてきた趣の現代的様相でもある。池田澄子氏は未来に向かって鑑賞者に呪文を投げかけ続ける作家である。

☆主な参考文献

池田澄子の各句集　および「口紅」（「俳句」２０２０年２月号）
特集「カズオ・イシグロの世界」（「ユリイカ」２０１７年12月号、青土社）
坪内稔典・中之島５編『池田澄子百句』創風社出版、２０１４年
石川九楊『日本論』講談社、２０１７年
井上円了『迷信と宗教』（大正名著文庫）至誠堂書店、１９１６年
金子兜太・池田澄子『兜太×澄子　兜太百句を読む。』ふらんす堂、２０１１年
藤田正勝『日本文化をよむ―５つのキーワード』岩波新書、２０１７年
唐木順三『日本人の心の歴史』（上・下）筑摩書房、１９９３年

静かなる変革者◉青山　丈

§1　「青山丈の俳句世界」への誘い

○変革への兆し：『象眼』から『千住と云ふ所にて』へ

俳人青山丈氏は昭和5年生まれ、今でいう東京都の足立区千住の住人。「千住の丈」と呼びたくなるほど千住を愛している。語呂の良いこの名前が自然に口をついて出たのは丈氏近年の句集『千住と云ふ所にて』を読んでいる最中のことである。もっとも「千住の丈」青山丈氏の外見は矢吹丈のようなガイではなく物静かな紳士である。

第1句集『象眼』の序に岡本眸が書いているように、丈氏は石田波郷、能村登四郎、飯田龍太、岡本眸と師事し、ある意味では「情の俳句」の本流を歩んだ。【青山さんが十代の終り頃から俳句は始め、石田波郷に師事したこと、その没後は、「沖」「雲母」で学んだことなどを知った。弟子として、師に早逝されるほど辛いものはない。親子として考えれば容易に想像のつくことで、とくに、成長期の途中に居る弟子にとっては大きな不幸であることは云うまでもない。】と、あるように岡本眸の「朝」に出会うまで丈氏の俳句の師運はあまりよくなかった、といえるかもしれぬ。しかし、このことで古い「情の俳句」の限界を知り尽くしてしまったのかもしれない。

　岡本眸は昭和55年に結社「朝」を設立したが、その年東京足立区の文化祭で丈氏に初めて出会ったという。その文化祭はきっと千住界隈であったのかもしれない、その年に丈氏は「朝」に入会しているから、産土の地千住は丈氏にとってさらに意義が深まったのではないか。それ以後はずっと「朝」で丈氏の俳句活動は続く。その成果は句集『象眼』として、平成5年にまとめられた。だがその岡本眸にも昨年（２０１９年）死別して、丈氏は現在「朝」後継誌である「栞」の幹部会員、また同人誌「棒」の代表を務めて、新しい句境を展開している。

　私が「青山丈の俳句世界」に新鮮な触手が活発に動いているのを感じたのは、むしろ『象眼』以降の作品においてである。正確にいうと、雑誌等に散見する丈氏の作品に興味を惹かれていたタイミングに句集『千住と云ふ所にて』を読む機会があったからである。多くの点で驚きと快感があったが、まず感動したのは「青山丈の俳句世界」の通奏低音が情を詠ずることで成り立った趣ではないことである、私はそれを「非情」と呼ぶが、漱石なら「非人情」と呼ぶような趣に通じるところがある。丈氏の俳句世界は日常の何気なさ、「どうでもよい」つぶやき、人によっては枯淡とでも呼びそうな趣に満ち溢れている。人によっては物足りないというかもしれぬ、あるいは癒しを得られるというかもしれない。だが私には丈氏の触角がモノの形を弄《まさぐ》るようにしながら、なんとも楽し気な音楽を周囲に振りまいているのを感じ、興奮する。

「どうでもよい」場所を詠うこともそうだ。「どうでもよい」、というのは実は反語的な表現だ。日常の「どうでもよい」モノコトに潜んでいる趣を観てとり、それをモノコトのまま詠うことによって、読者にまた歓びが生まれる。理念を言葉で表現すると、たいがい誰かが昔から言っていたような気がする。その通りである。しかも俳句は宇宙や人間の心理を追求するものではない。俳句は時代により変化するモノコトをそのまま詠い続けることのみでサステナブル（持続可能）な表現方法なのである。それが大事なのである。

千住を詠うことは、その「どうでもよい」環境を詠うことだ。「千住」の地名の入った句は『千住と云ふ所にて』に六句掲載されているが、それ以前の句集『象眼』にはみあたらない。

そのかわりに『象眼』には俳句を好む人の行きそうな場所や行事への吟行句がいくつも載せられている。細かい変化の考察は後述するとして、青山丈の俳句世界はこの『千住と云ふ所にて』を刊行するころあたりから変質を遂げつつあり、そこにある何かに私は注目したのである。

○『象眼』の時代の「青山丈の俳句世界」
変質を際立たせるために、まずは『象眼』の趣を眺めてみよう。岡本眸がその序文で述べていることは前期の「青山丈の俳句世界」を的確に表わしているので参考にする。岡本眸の序文をまとめると次のようになる。

丈氏と出会いのころにいった吟行の時の句〈駅の名の小諸と聞けば草紅葉〉を冒頭に掲げている。これはたぶん岡本眸が強く丈氏を意識し始めたときの記念碑的な句なのであろう。

次に【句集前半は、こうした生活感の素直に滲み出た作品をもって始まっている】と述べて五句を挙げている。それらの句は生活感というニュアンスの趣でまとめられていて、その通りといえばその通りなのだが、〈一本の煙突が明け歳あらた〉や〈一ときれの餅焼く上に手をかざし〉には後年の「青山丈の俳句世界」の通奏低音になるような、なにごともない景だからこそ感じる趣がすでに表れている。

さらに特徴として家族を詠んだ句に感銘を受けたことを挙げ、その次に、千住に住んでいるので下町情緒、【市井の味わいの楽しさ、懐しさを感じさせる】として〈合席の人の破魔矢と並べ置く〉などの六句を挙げている。これらの句は家族吟とともにこの句集と作者を「親しいものに」していると述べている。

しかしこれらの句を読んだだけでは「千住の丈」という名称は思いつかなかったであろう。市井、下町らしくはあるが、千住という特定の場所を必ずしも思い出すわけではないからである。その意味では地名という固有名詞の言語空間に対するポテンシャルは大きい。

また序文は数詞を多く使うことにも触れている。確かに丈氏の句の特色の一つに、数詞の詠み込みがある。これはのちの句集についてもいえることである。岡本眸は数のマジックといい、数詞を用いることによって具象性が増すことを指摘する。〈四五人で見て確かなる冬の虹〉〈駅を出し十人足らず梅雨に入る〉などだ。数はイメージのリアリティを増すのは、その通りだと思うが、数詞を使用する必然性は、ただの量を表す数であるという以上に例えば「一人」では不安感が生じるようにその数字が付された名詞の観念的意味合いの利用に丈氏は長けているということではないだろうか。

今、岡本眸があげた「青山丈の俳句世界」の特徴は序文では次のようにまとめられる。

……こうして見てくると、句集『象眼』には三つの特色があることが判る。その一つは生活吟に見る日常性の親しさであり、もう一つは具象による単純、鮮明な印象である。残る一つは季語への細やかな配慮である。

とむらひに早く来過ぎし植田かな
家中の戸の開いてゐて朝曇
駅で見し老婆が来るや猫柳
（後の句割愛）

どの季語も、一句の要として十分な力をもっているので、句が落ちついている。更に、季節への連想を豊かに持っていて、そこに、限りない懐しさを生んでいる。……

季語が落ち着いた巧みな句であるのは、岡本眸の指摘する通りであろう、〈駅で見し老婆が来るや猫柳〉〈風向きで電車の音や冬至風呂〉などは句材としては「季節への連想」性があり、私も好みの句である。しかし私がイメージする「青山丈の俳句世界」の主要な構成材となるとは思えない。

この時期の「青山丈の俳句世界」の主たる趣はなんだろうか。要は俳句的趣への「懐しさ」なのだろうか。「懐しさ」もレトロと言ってしまえば少し軽薄に聞こえる。その軽薄さを払拭しているのは丈氏の体験に基づく「懐しさ」ゆえである。この懐かしさは『象眼』後の青山丈の俳句世界の特色として受け継がれる。とはいえ、岡本眸の描き出した「青山丈の俳句世界」にはくっきりとした「青山丈の俳句世界」が描きだされているわけではない。それはとりもなおさず、青山丈氏の俳句世界そのものの正しい反映でもある。

それより私は岡本眸が序文の最後にあげた感銘句の中に未来の「青山丈の俳句世界」の兆しをみる。〈運河とは日傘の遠くなるところ〉〈のうぜんが咲かなくなつてほつとせり〉など句にただよう不思議な「日常性」、独特のやわらかい表現、だがそれらはまだ萌芽期である。

§2　句集『千住と云ふ所にて』に開花した「青山丈の俳句世界」

○句集『千住と云ふ所にて』の鑑賞座談会は面白い
平成6年から25年（2013年）までの岡本眸選の397句を採録したのが句集『千住と云ふ

所にて』である。序文はない。

おおよその句集の序文や個人評ほど面白くないものはない。いくつかの句を鑑賞し、あるいは句集の作者の人生を作品に結び付け、それ相応の賞賛の言葉を添える。ではあるが、これも「誰々たちの俳句世界」を形成していく大事な過程であり、「誰々たちの俳句世界」への有意義な過程なのだが、多くは物足りない。主な原因は「誰々たちの俳句世界」への道があまり見えてこないからだ。これはと思う評には巡り合うことはまれである。

比較すると合評会はいろいろ批判が出たりして面白いものが多いが、当然ながら参加した評者にもよる。

やはり評は「面白い」ものがよい。俳句の行くべき方向について確信的な考えで断を下していくのも面白いが、あれこれ迷ってはいるが、何かしら考えているなと感じさせる、そういう評者が加わっているともっと面白い。

ほんとうに面白い個人評や合評は、数少ないがあるものだ。納得はするが、そうだよね、くらいで高揚感が残らないものはつまらない評である。納得感があろうがなかろうが、読んでいて、自分も意見が言いたくなるような、あるいは読みたくなるような、わくわく感が残るのが面白い評である。

そういう観点から、青山丈の句集『千住と云ふ所にて』の鑑賞座談会（「WEP俳句通信」76号）は実に面白かった。評者は坊城俊樹氏と髙柳克弘氏である。当時、坊城俊樹氏は昭和32年生まれ

50歳代半ば、髙柳克弘氏は昭和55年生まれ30歳代前半である。
私が『千住と云ふ所にて』を読んでいて強く興味を惹いた句の多くは実は二人の合評の中で採りあげられている。したがって二人の合評会にコメントを加えながら私なりの考えを加えていきたい。その方が「青山丈の俳句世界」を立体的に照らし出せるであろう。

○「先祖返り」ということ

合評会で、冒頭に坊城俊樹氏は先祖返りという言葉を提示した。人によってはこの言葉をどうとるか、興味があるが、ある意味では実に適切に的を射た表現である。

坊城　ぼくなんか、いい男になりたいから、ケレン味のある句をずいぶん作るんだけど、丈さんの句は、珍しく先祖返りしている句だと思ったたね。
髙柳　先祖返りというと。
坊城　虚子だね。
髙柳　虚子の句日記とか。
坊城　虚子の最後の句集のころの感じ。特に自分を主張するってこともなく、ただ去り行くのみ、という感じ。だから物足りないって感じる人もいるかも知れない。
髙柳　確かに、もうちょっと刺激があってもいいかな、というところもありますけど、基本的には日常を詠む、というところがありますからね。……

ここだけ読んで納得する人は、坊城氏の「先祖」である高浜虚子の晩年の句によく似ていて、「（老兵が）ただ去り行くのみ」的世界が「青山丈の俳句世界」の主だった趣としたであろう。髙柳氏の返答「確かに、もうちょっと刺激があってもいいかな」もそのような理解を裏付ける。しかし、それだけの意味で坊城氏は「先祖返り」という言葉を使ってはいないはずだ。この後の議論にも出てくるが、丈氏の世界は**【特に句集後半の句に、虚子の句を思い起こさせるような句が多いんだ】**という。ここで虚子の句、「虚子の俳句世界」をどのようなものとして理解するかで、この言葉の受け取り方は異なってくる。検討を先に進めよう。

○「俳句は日記」

先ほど引用した髙柳氏の**【日常を詠む】**のが基本という発言のあとに次のように述べる。

髙柳　岡本眸さんの「俳句は日記」という立場からするとそれは当然なんですけど。この句の背景にある日常というのはすごく単調で、それ自体は少しも面白くないんで、句を読めば背景が分かりますよね。

坊城　一万歩の散歩範囲内。「一万歩」というタイトルでもよかったかな（笑い）。

高柳　その、一万歩を歩く、を散文にすると面白くないと思いますけど、それを句にすると意味が出てくるんですね。単調な日常が、味わい深いものになってくるんです。……

ここで「俳句は日記」ということと、「日常を詠む」という言葉では対象としている意味合いが違う。「俳句は日記」というのは基本的には日記のように気軽に、また途絶えることなく作りましょう、という作法のような言葉で、それゆえ日常のことも句材にしましょうという道理である。「日常を詠む」にはもっと積極的な姿勢が込められている。日常を「詠む」というのは、この宇宙に日常存在していることの不思議さと嬉しさを意識して詠む、いわば始原的な宇宙観そのものだと私は理解している。それゆえ、髙柳氏の述べるように俳句は「日常」から味わい深い趣を感じ取るのである。

その意味では、「青山丈の俳句世界」は単なる日記俳句の世界というのは見当はずれで、高浜虚子の「花鳥諷詠」の世界と根本部分で重なるのである。

○千住とは何か

丈氏の生まれ育った地であり、ほぼ四十年間師弟関係にあった「朝」の岡本眸との最初の出会いの地でもある千住。千住は丈氏にとって単なる地名にとどまらない。

句集のあとがきの冒頭に丈氏は【家を出て十五分ほど歩くと、元禄二年三月二十七日、芭蕉がおくの細道の千住旅立ちで記した……】と千住のことを紹介する。千住大橋から北へ千住を貫く八メートル幅ほどの旧道が丈氏の散歩道である。

初鴨のこゑ落したる千住かな
千住と云ふところに生まれ龍の玉
来るころを初鴨の来る千住かな
千住と云ふ所にて亀鳴けるなり
草餅のやはらか過ぎる千住かな
炎天の外れといへば千住かな

千住というのは土地の固有名詞である。その千住という地名の入った句はこの句集に六句も採録されている。

合評会で髙柳氏は【千住あたりって、余り俳句的な場所とも思えないですけどね】と述べているが、そうではない。芭蕉ファンにとっては、何よりも「おくのほそ道」の「旅立ち」「矢立の初め」の地、今風にいえばサンクチュアリである。

「千住と云ふところ」の言い回しは、「おくのほそ道」に【千住といふ所にて舟を上がれば、前途三千里の思ひ胸にふさがりて】と書かれた表現そのものであり、句集の題名としても使われ、〈千住と云ふところに生まれ龍の玉〉〈千住と云ふ所にて亀鳴けるなり〉の二句にも使われている。

まさに龍の玉が葉陰に美しい光を宿しているような土地なのである。「亀鳴けるなり」というのもなんともいえないペーソスすらただよう配合である。

千住は江戸時代に奥州、日光、水戸の三街道が通り大きな花街もある宿場であった。その旧道が歩きたくて私も若いころ幾度も、矢田挿雲の『江戸から東京へ』を懐に千住を訪れたものである。旧道は江戸時代の名残も少なくなっていたが不思議な懐かしさの漂う通りであった。そこの茶店風の床几に腰掛けて飲んだ蕎麦湯割り蕎麦焼酎は不思議と今でも記憶に強く残る。残念ながら「やはらか過ぎる」草餅を食べた記憶はない。

〈炎天の外れといへば千住かな〉という句は妙に気にかかっている。千住を出て日光街道を北上してすぐに西新井大師があり、そこを過ぎると〈やせ蛙まけるな一茶是にあり〉と小林一茶が詠ったといわれる炎天寺がある。そんなことがふと頭を過って足を延ばしたりしたものである。

この句集で六句というと「千住」の頻度は高い。1・5％強の使用頻度である。そして思い入れも強い、だから青山丈氏は「千住の丈」なのである。

○意味を負わないこと　馬鹿馬鹿しいこと

「青山丈の俳句世界」で最も特徴とすべきことがある。「意味を負わないこと」である。これは、「非情の俳句」の最も主要な側面でもある。

【今度の丈さんの句にも、意味を追わない句がものすごくあるなって思った。】と坊城俊樹氏は感想を述べ、この趣は高浜虚子の〈映画出て火事のポスター見て立てり〉と同じだという。

子守唄椿を往き来してをりぬ

は二人が同時に一章（平成6年から10年）の中から採った句である。二人の関心の持ちどころは違う。髙柳氏は「往き来してをりぬ」の言い回しがうまいといいながら【現代の光景の句というより回顧の句かなあ】とノスタルジー的リアリティに興味が向く。坊城氏は映画の1シーンみたいだけど【この句をいい句だと思ったのはなんだろうね】と自問（？）する。私も注目した句であるが、坊城氏の気持ちに似たことを感じた。そして、きっと映画のシーンのようなリアリティだけで何も意味を負っていないところに生じる「情」の俳句、つまり「非情の俳句」だからであると、私なら自答するだろう。

蟷螂の方で動いて向き合へり

この句も一章から二人が採っている句である。特に二人のコメントがなかったが、私は作者の目の位置が蟷螂と同じレベルにあるので気に入っている句である。「非情の句」は人間と万物とを同じ高さ、同じ視線でモノコトを観る目である。蟷螂に「同化」している作者の目である。

二人がバカバカしいと「評価」するのは、次の句である。

誰も目を開けてゐるなり初電車

「バカバカしい」は「ただごと」とならび「意味を負わない」。すなわち「情」を追求する句とは別なところに生まれる趣を追求している「非情の俳句」の主要な側面である。俳句で「情」という意味に執着し、非情の句という言葉になじみえない方々にとっては髙柳氏の言葉【「情」があるんだけど、そんなにしつこい「情」じゃないですね】という発言が分かりやすい説明かもしれない。私自身、

誰も居ないと薄氷をつうと押す
白扇を手にして行くと川に出る

あたりのほうが「馬鹿馬鹿しくて」好きなのだが。

○始原的なこと
坊城氏が特選だと評し採った句がある。

居なくなるまでのあひだのかたつむり

この句に関し髙柳氏との間に、居なくなったのは蝸牛か人か、という会話があった。俳句にお

いて曖昧さは一般的には忌避される。だが、人の興味をより喚起する曖昧さはむしろ好むべきであって、俳句でも詩と同様一種のレトリックと考えてよい。私自身、記憶に残った句であり、坊城氏と同じように蝸牛がいなくなるまで見ていた作者のイメージに趣を感じる。

この句には、刺激的な発言が髙柳氏からなされた。この句が始原的だという。二人の会話を引用してみよう。

坊城　ぼくはかたつむりの方が面白いと思うんだ。かたつむりが在る間は「かたつむり」なんだよ。かたつむりってゆっくり動くじゃない。そのゆっくりが無くなるんだよ。これも写生だ。

髙柳　そうかあ。かなり始原的な句になりますね（笑い）。

私は始原的という言葉をどのような意味で髙柳氏が使ったか、一瞬とまどったが、俳句がモノの存在に驚くという本来人間が自我に目覚めその次に理解すべき感覚としてこの言葉をとらえることにした。「始原的」がモノの存在の最初の在り方を示しているのなら、最初に坊城俊樹氏が表現した「先祖返り」も意味をぐっと拡張して考えられる。「始原的」に刺激されて蛇足をつけると、ポストモダニズムというか、近代主義を超えるには「先祖返り」の趣を一度経過する必要があり、社会学者見田宗介氏のいう「メタ合理性」はそのことも含んでいるに違いない。

◯異端の句

宿の足音夜が少し長くなる

この句をめぐっての会話では、保守的な俳人が聞いたら目くじらをたてそうな言葉が連発される。髙柳氏は「夜が少し長くなる」は季語「夜長」を引きのばしたものであることを指摘し、【こういう引き伸ばした言い方の方が、この句の場合、ふさわしいのかな】と、半ば賛意を示す。私も髙柳氏と同意見だが、季語を厳格に扱うことに情熱を燃やす俳人にとってはとんでもない発言だ。坊城氏の賛否はわからぬが、【季語をぶち壊しているしね】と発言している。

さらにこの句は破調である。夜をどう発音するかで変わるが、私は七六五と読みたい。評者の二人は、この句は丈さんの句には珍しいということを指摘して、良し悪しは論じていない。髙柳氏は【それに口語っぽいのもいいですね】という発言があるから、片言にこだわると、「も」では言外に破調であることも評価しているのかもしれない。この発言で「口語っぽい」と「ぽい」を付けたことも、口語とは何かと考えるきっかけになりそうだ。

思わず私がにやりとしたのは「異端の句」と坊城氏が評したことだ。確かに、青山丈さんは季語の破壊・破調・口語ときたら、異端と呼びたくなるような世界の住人である。むろんこの「異端の句」は一句について付された言葉である。だが細部に神が宿っているのである。

どだい異端という言葉は権力者が己を危うくする存在に対して冠する言葉である。誤解を生じると困るので書き添えると、坊城氏が権力者と言っているつもりは全くない、むしろ異端者が異端者を見つけて思わず発信した言葉と理解している。異端が永遠に異端であるかどうかは歴史が決めるものである。私は千住の丈さんに異端の名が冠せられることを喜ぶ。

○過ぎ去る者／壊す者／建設する者

梧桐の影踏めるとき踏んでおく

この句に関して髙柳氏は、不思議な句で【老いの思いなのかもしれないけれど、それだけではなく】と、評している。私も老いの境涯とは思いたくない。

このあと座談会は締めに入り、髙柳氏はピリッと電撃的なところがないが「非情」であると述べ、坊城氏は骨格が太く大きな世界であると述べた。そして、二人で「気持ちの悪い句集」と言うことに一致して終わった。ある意味では言いえて妙である。この表現は少し私のコメントを加えたい。気持ちの悪さというのは、たいがい見たことや経験したことのない事物に対して感じるものである。青山丈の『千住と云ふ所にて』は誰もがすーっと読んでしまえる、ところがよく考えるとなにかしら、そのすーっと通り過ぎた風のようなものの中に嗅いだことのない匂いがする。そういう類の気持ち悪さなのではないか。むしろ流石の評者たちである、うっかりすればすーっと通り過ぎる世界に見慣れぬ何かを感じたのだ。

どんな仕組みの世界でも進歩するのにはそれを壊す人、次に建設する人が必要だ。時にはその両方の過程を担う人もいる。破壊と建設の間を幾度も行き来しなければならないようなこともある。正岡子規によって合理的な近代主義を目指して出発した現代の俳句も、新たに未来への道を示し築かなければいけないところに来ている。合理と非合理への行き来、あるいは伝統と改革への行き来、それを「メタ合理主義」というなら「青山丈の俳句世界」はメタ合理主義の香りがする。

§3　『千住と云ふ所にて』のテキストマイニング的アプローチ

本稿は青山丈の俳句世界の未来的特徴を論じているのであるが、一般的に「誰の俳句世界」を論じるのに少しでも客観性を増すには統計的手段が有効であろう。使用される句材の頻度にある傾向がみられるときには、たとえば「狼の兜太」と名づけるとして単語の使用頻度が根拠となりうるだろう。また趣の偏りも解析次第では、「境涯句の鬼城」と根拠づけることもそのうちすぐ可能になりうる。

テキストマイニングという手法はすでに散文の世界（韻文の世界でも始まっているが）では政治家の施政方針の解析だとか、文章・文体から作家を特定するとか、している。本稿では『千住と云ふ所にて』にテキストマイニングの簡単な適用を試み、従来あるデータと比較して特徴を抽出してみる。比較には金子兜太の代表句272句と池田澄子の代表句138句、および池田澄子の最近の句集『此処』の380句を選んだ。対象としたデータは参考文献に挙げた本に掲載された全句から重複を避けて採用した。簡単に結論だけを記す。

○表1は品詞別の比較である。

表1　使用単語品詞の頻度

		『千住と云ふ所にて』	『此処』	池田澄子代表句	金子兜太代表句
句数		397	380	138	272
総単語数		3450	3314	1190	2447
重複度（%）	名詞	1.80	1.61	1.25	1.50
	副詞	1.21	1.25	1.10	1.14
	動詞	2.54	1.79	1.47	1.61
	形容詞	1.81	1.68	1.30	1.94
	助動詞	8.41	6.79	3.30	4.05
	助詞	25.70	19.84	8.11	15.36
一句毎の使用頻度（回）	名詞	3.44	3.78	3.51	4.47
	副詞	0.13	0.14	0.16	0.09
	動詞	1.53	1.37	1.41	1.28
	形容詞	0.17	0.29	0.25	0.25
	助動詞	0.36	0.34	0.48	0.30
	助詞	2.98	2.61	2.59	2.37

『千住と云ふ所にて』の主な特徴をいくつか列挙しよう。

・名詞は他の比較例に対して使用頻度が低く、かつ重複度が高い。これはある領域に興味対象が集中していることを示していると思われる。特に金子兜太の場合名詞の使用頻度は高いのでごつごつした趣を与えよう。

・動詞の使用頻度はかなり高い、また重複度も非常に高い。動作そのものが印象に残る句が多いことがうなずける。動作を主体とした句材のほうが読む人にリアリティと親近感を与えると推察している。

・助詞や助動詞の使用頻度はさほどでもないのに重複度は非常に高い。

これらから、「青山丈の俳句世界」がふんわりと親しみやすい雰囲気があるのは同じ言葉が繰り返しでてくるところにも要因があるのではないかと推察される。

○表2は使用した名詞の内容を吟味している。主な特徴を列挙する。

・最も高頻度で使用されるのは「花」である。花というのは多くの俳句作家にとって最も重要な句材であり、うなずけるところである。ちなみに池田澄子の『此処』では1位、池田澄子の代表句では4位、金子兜太代表句でも8位である。

・第2位は数詞の「一」である。ほかにも「二」が11位、「一つ」が8位であり、岡本眸が指摘したように『千住と云ふ所にて』は「数のマジック」が顕著な世界なのである。

表2『千住と云ふ所にて』名詞頻度（397句）

順位	名詞	機能	頻度	%
1	花	一般	22	5.54
2	一	数	17	4.28
3	日	接尾	16	4.03
4	日	非自立	15	3.78
5	人	一般	14	3.53
6	ところ	非自立	11	2.77
6	家	一般	11	2.77
8	一つ	一般	10	2.52
8	桜	一般	10	2.52
10	男	一般	9	2.27
11	よう	非自立	8	2.02
11	近く	副詞可能	8	2.02
11	道	一般	8	2.02
11	二	数	8	2.02
15	こと	非自立	7	1.76
15	雨	一般	7	1.76
15	何	代名詞	7	1.76
15	手	一般	7	1.76
15	風	一般	7	1.76
15	盆	一般	7	1.76
15	夜	副詞可能	7	1.76
22	もの	非自立	6	1.51
22	菖蒲	一般	6	1.51
22	蟬	一般	6	1.51
22	千住	固有名詞	6	1.51
22	昼	副詞可能	6	1.51
22	桃	一般	6	1.51
22	夕方	副詞可能	6	1.51
22	蓮	一般	6	1.51

・その他に、「日」「人」「ところ」「家」「男」「道」等々が頻度高く使用され、それを眺めるだけでも「青山丈の俳句世界」が彷彿とする。

紙面の関係もあり今回は単語の使用頻度を中心にテキストマイニングの初歩的な段階の適用を紹介した。

さらに多くの方々が統計的手法での評論を進めれば、解析の精度と客観性が増し、さらには俳句文体の解析へと道は進むであろう。

なお本稿の解析では日本語用テキストマイニングRMeCabを用いた。

§4　壊し建設する者としての青山丈氏の俳句文体

○『千住と云ふ所にて』以降の「青山丈の俳句世界」

青山丈氏の俳句が変貌し始めたのは句集『千住と云ふ所にて』（平成25年刊）の頃、つまり平成十年代の終わりあたりからであろうか。前節（§２）で位置付けたメタ合理主義的な「過ぎ去る者／壊す者／建設する者」としての丈氏の俳句世界は、『千住と云ふ所にて』以後はどのように展開したか、非常に気になる。そこで現在にいたるまでの丈氏自薦の４４６句を氏から直接提供いただき、考察を進めてみた。

次節（§５）には再び定量的解析手法としてRMeCabのテキストマイニングを利用した。結果いくつかのキーワードを抽出したのでそれにそって鑑賞・論評を進める。

○その１　「時は流れる」におけるアンチタブー

丈氏の俳句には鑑賞している最中に感じる、柔らかな空気の漂いのような情趣がある。我々の周囲にいつも漂っているのに気が付かず、だが、ある時ふとその思いに自分が浸っていることに気が付く、そういうような情趣だ。懐かしいような、虚しいような命と存在・自分のもろもろを感じさせる情趣だ。感慨俳句とは質が異なる、また漢詩のような詠嘆調でもなく、命と存在を思い、やさしく心をつつんでくれる何かが漂っているのだ。

「命と存在・自分のもろもろ」、を思い起こさせる理由の一つは句の中に我々の普段日常の「時の流れ」が詠いこまれていることだ。つまり景が一瞬を切り取ったものではなく、動きゆく時間が句の中に詠いこまれていることである。「時の流れ」は「命と存在・自分のもろもろ」を思い起こさせる誘発剤だ。

いくつかの句を挙げてみよう。

いつまでも赤い椿で落ちてゐる　H29・5

最初に採りあげたこの句は一見平凡な句である。無論、鬼趣や衒いなどない、句材としてもよくありそうで見落とされてしまいそうな句である。だが、じっくりと丈氏の俳句の世界を逍遥してまたこの句にたどり着いたときに自然に口ずさみ安らぎを与えられる。そのような類の句である。

この句の景は赤い椿だけである。落ちている赤い椿の写生である。しかしそれは存在物である赤い落椿を一瞬の美の景として写真のように切り取ったものではなく、じっといつまでもそこにあるという時の流れを伝えてくれる表出である。その趣を醸し出しているのは「いつまでも」という言葉である。

品詞としては「まで」が副助詞で「も」が係助詞である。この句の「いつまでも」には曖昧性がある。「いつまでも赤い」か、それとも「いつまでも落ちている」か、どちらにかかるのであろうか。俳句の文体ではこのような曖昧さは忌み嫌われる、そう私も信じていたはずのタブーである。「俳句は明確なイメージを与えるために構文の曖昧さや多重意を避けよ」、そのように思ってきた。だがこの句に関しては、むしろその曖昧さが自然なものという感じがした。気にならないどころかやさしく心に染み入ってくる役割を果しているように思われた。

この句が挑戦している禁忌はまだある。「俳句は一瞬を切り取る」べきであるにもかかわらず、句の中に時の流れを持ち込んでいる。丈氏の俳句の触手が、未来に向かって丈氏特有の旋律を奏でているとしたら、「時の流れ」こそ、その主旋律である。「いつまでも」は時の流れを表わしている。句材であるこの椿の「赤さ」という状態も「落ちている」という状態も決して永遠ではなく、いずれ変化する。変化するモノコトをあたかも永遠であるがごとく表出することができるのは存在自体を愛しいと感じる作者の心があるからである。そのことを暗黙のうちに理解するから読者の心に自然の永遠の時の流れは趣としてしみ込んでくる。

「時の流れ」という言葉で、「わがみよにふる」的な感慨だけを意味しているわけではない。短い語数の中にこの宇宙の、自然の、悠久なる時間軸に沿って、まさに微々たる現存するモノコトが変化していく様を面白い、愛しいと感じ、表現する趣のことを表現しているのである。一瞬を切り取るだけの景なら写真の方が得意なはずである。我々の俳句は写真と同じ土俵で争ってもしょうがない。時の流れを表現することは俳句にとって苦手であるなどと、どうして決め込むのだろうか。

鳥の巣を見てゐるうちに曇りけり　H26・7

ゆったりとした時の流れの中に身をおく。鳥の営巣を見ていて命の在り方を思ったのかもしれない、あれやこれや別のことを思っていたかもしれない。ふと気が付いたら、日が陰っていた。それだけのことである。そしてそのわずかな時の流れこそ愛おしいのである。

昼過ぎてくると傾く牡丹かな　H26・8

見ている牡丹が昼過ぎてくると傾く（いた）という。たわいない内容が描写されているようだが、牡丹を長い時間見ている作者の思いがそこに表出されている。わずかな時の流れの中でも命は変化していくのだ。

初蟬のたつた今来たやうに鳴く　R2・9

これは瞬間の景のようではあるが、「切り取られた時」のみの描写ではない。現在の後ろに長い過去があってこその「たつた今」なのである。蟬はようやくたった今この世に現れたように鳴いたのである。

以上いくつかの例をみたが、丈氏の俳句には「時の流れ」を抜きにしては味わいえない世界が日常の何気ないモノコトで展開されているのである。

そのほかの「時の流れが主旋律である」例を挙げてみよう。丈氏の句の世界は次々と読者の脳裏に展開されることで情趣が深くなる。

紫陽花の何時もいつともなく終る　H25・10
川へ出てしまふ間の花野かな　H28・1
少しづつ桜紅葉が葉を落す　H28・1
真四角に曲つて行くと菊畑　H28・12
直ぐに止む雪に下りたる雀かな　H29・5
綿虫かわたしか後か先になる　H30・1

○

「俳句は瞬間を切り取るものである（または、それに適している）」という「テーゼ」を疑う人は少ない。選者や論者も繰り返しそのことを主張している。「俳句は短いから瞬間」といわれると、そうかなと思わせるところは確かにある。しかしほんとうにそうなのだろうか、いつのころから、どのようにして言われ始めたテーゼなのだろうか。

私は蕉風俳諧が確立したころにその「テーゼ」の源泉を見る。『三冊子』にある芭蕉のことば【物の見えたる光、いまだ心に消えざる中にいひとむべし】という箇所だ。この言葉は、単純には、見たら忘れないうちに書きとどめておきなさい、ということのように受け止められる。そのことが、「見た瞬間の印象を書き留めよ」から「見た一瞬を書き留めよ」と理解されるようになるのは自然なことと思われる。この芭蕉が言ったとされるテーゼは実際には芭蕉は「見えた瞬間の景を書き留めよ」といったのではないと思う。芭蕉にとっては瞬間に見えた「うわべの景」は光を発してないはずだ。【物に入て、その微の顕て情感るや、句となる所也。たとへ物あらはに云出ても、そのものより自然に出る情にあらざれば、物と我二つになりて、其情誠にいたらず、私意のなす作意也。】と三冊子にある有名な「松の事は松に習へ」という箇所を思い出す故の考察である。つまり「ものより自然に出る情」が「物の見えたる光」であり、それが時間をおくと作為が入ってしまい物心一如でなくなるからといいたいのであると理解するべきなのではないか。断じて「写真のように見た景を切り取れ」ではないのである。

現代では「俳句は瞬間を切り取るものである」という「テーゼ」はどのように理解されているのだろうか。2012年の角川学芸出版発行の月刊「俳句」の2月号は、大特集「俳句は瞬間を切り取る」を企画している。特集になること自体、この「テーゼ」が現代にもまだ生きていることを意味していることはいうまでもないが、そこには櫂未知子氏の興味深い総論が掲載されている。少し詳しく櫂未知子氏の論を紹介する。

まず氏は、世によく言われるように、俳句は一瞬を切り取る写真のようなもので短歌は後日談を語るビデオのようなものであるという考えを紹介する。しかし、氏のいわんとするところは【「一瞬」と「永遠」は、実はひじょうに密接な関係にある】という観点に立脚して、俳句で描かれる景の時間的意味を豊かにすることである。氏は「■一瞬を長くするもの」と「■ずれを詠む」という項目で実例の句をあげて、一瞬が内蔵しているべき時間の意味を拡大してみせる。つまり時間の流れを詠いこむことの有効性を主張しているといってよい。

〈一瞬にしてみな遺品雲の峰　櫂　未知子〉

という句では死の一瞬を描きつつもその死が今後永遠に続くことを遺品という言葉に象徴させる。遺品という言葉に時間の永遠性を感じ取ったことは秀れた考察だ。

〈霜掃きし箒しばらくして倒る　能村登四郎〉

という句はまさに箒が倒れるまでの流れる時間が主役ともいえる。未知子氏が規定する「ずれ」というよりは、連続した「時の流れ」（もしかしたらスローモーション映像のようにゆっくりと倒れていったのかもしれない）と規定した方が正確だと思う。

そうであるとすれば「一瞬を長くする」ことも「ずれを詠む」ことも時の経過、本論の言葉でいえば「時の流れ」を意味することになる。いわゆる「絵画的一瞬の切り取り」のようにみえてもそれ以上の意味合いがあるし、時間の経過・流れそのものを句にすることの有効性を、現代の俳人は理解していることを意味する。実際は、そう理解している俳人が少ないので櫂未知子氏が総論で主張したのかもしれないが。

○その2 「ゆるむこと」におけるアンチタブー

青山丈氏の俳句には自分の動作を示す動詞がかなり頻繁に使われる。しかも、その動作（後述するが、具体的には「見る」「来る」「なる」「する」「出る」「行く」などである。）には、ほとんどの場合時の経過を表わす言葉が付随している。

椿見ながら後になり先になり　H25・7

「見ながら」は「見る」に、並行して行われることを示す接続助詞「ながら」が用いられ、後の句では「行く」のような動作が省略されている。句意からも読者は日常何処にでも経験しようと思えばできるゆったりした時の流れを感じる。このゆったりした時の流れが読者にとって癒しとなっている。

来たついで見てゆく蓮の枯れ工合　H26・3

「来たついで」は動詞「来る」に助動詞「た」と非自立型の名詞「ついで」が伴うので、この句もゆるりとした時の流れとなる。

どの辺りまで啓蟄か行つてみる　H25・6

鳥の巣の樹に着くまでの話かな　H25・7

これらの句は「まで」を効果的に使っている。やはり時の経過を感じさせることになっている。

目を閉ぢて目を開けて白牡丹かな　H25・9

動作を連続させてその先に生じる景である。石田波郷なら、「現代俳句の散文化傾向」と難じたであろう。

「時の流れ」を詠う句には緊張感が少ない。だが、その分読者には癒しを与える効果が強い。虚子のいう極楽の文学である俳句の役割にはこの世での癒しを与えるということがあったのではないか。本書の論考で掘り起こしたいのは、俳句の未来に必要な「人間存在の無への恐怖とその癒し」に向かい合う姿勢である。丈氏の静かな改革者としての触手はまさにその点をまさぐっているのである。

青山丈氏の俳句には正岡子規のいう虚字（注）が多い、つまり実字（名詞）が少ない。本節で対象とした丈氏最近の４４６句においては一句の中に使用される名詞は平均３・４４個であり、

『千住と云ふ所にて』も3・44個である。小数点以下2桁まで一致するのは偶然としても、ほぼ青山丈氏の名詞の使用頻度はそのあたりといえよう。ちなみに金子兜太氏はもっと多い。代表句を調べた例（前出）では4・47、つまり平均一句につき名詞の使用頻度は丈氏より一つ多い。

ところで、正岡子規の主張では、句調がたるむことは忌避すべきことである。『俳諧大要』には【言語の上にたるむたるまぬといふ事あり。たるまぬとは語々緊密にして一字も動かすべからざるをいふ。たるむとは一句の聞え自ら緩みてしまらぬ心地するをいふ。譬へば琴の糸のしまりをるとしまりをらぬとは素人が聞きても自ら差違あるが如し。】と手厳しい。ことに天保以後の俳句に「たるみ」は多いと批判する。天保以後の俳句とは近代的俳句の革新を行った正岡子規が月並調として最も攻撃した俳句の時代である。

では句調が「たるむ」（「たるむ」には価値観が入るので、私は「ゆるむ」と称したいのだが）とは実際には、どういう文体から生じるのだろうか、子規は品詞の種類によって説明する。ご存じの方には少し冗長になるが、『俳諧大要』のその箇所を引用する。

……句調のたるむこと一概には言ひ尽されねど、普通に分りたる例を挙ぐれば虚字の多きものはたるみやすく、名詞の多き者はしまりやすし。虚字とは第一に「てには」なり。第二に「副詞」なり。第三に「動詞」なり。故にたるみを少くせんと思はばなるべく「てには」を減ずるを要す。試みに天保以後の俳句を検せよ。不必要なる処に「てには」を用ゐて一句を為す故に句調たるみて聞くべからず。またこれに次ぎて副詞はたるみを生じ、動詞もまたたるみやすし。但し副詞、動詞などはその使ひやうによるべし。……

簡単にいえば実字である名詞が多ければ「しまっている」ということである。よく俗説でいう名詞だけの句が最も「しまった」句なのである。

では虚字の多い俳句は糸の緩んだ琴のごとくまったく響かないものなのであろうか。すくなくともついこのごろまでは、この「テーゼ」はほとんどの俳人によって信じられ、疑義を挟む人も少なかった。しかし近年その状況は少しずつ変化しつつあると思われる。例えば今泉恂之介氏は正岡子規が俳諧大要で難じた「月並調」について論じて、果たしてそれが卑俗陳腐とジュッパヒトカラゲにしてよいかの疑問を呈しており、非常に興味深い。

本論にもどり、文体と俳句の句調の関係でいえば、実は子規自身も引用部分の最後で【但し副詞、動詞などはその使ひやうによるべし。】と述べている。この箇所は重要である。よく子規はその主張の終わりに逆の意見を少し述べるのが癖である、などといって見逃すべきではない。「たるんでいること」の十分条件には虚字が多いこと、ではないのである。ゆるくても響きの良い句もあるのだ。「テーゼ」は禁忌を作りやすい、しかし禁忌ができると発展は阻害される。

（注）虚字について：虚字は中国古典語法で品詞を大別して用いた名称だが、古くは、実字は現代

の名詞、虚字はそれ以外すべてとしたようである。現在では通常、副詞、接続詞、助動詞、前置詞などを助字と呼んで、虚字とは区別しているようである。正岡子規が『俳諧大要』で指摘した虚字は文意から虚字は助字に動詞までを含んでいると考えられる。

○その3　「季語の響き」におけるアンチタブー

「花」という字は多くの俳人が使用頻度高く使用することをすでに他の稿（西池冬扇「俳句におけるテキストマイニング的アプローチ」未発表）に記してきたが、青山丈氏の場合も『千住と云ふ所にて』と同様に自薦の446句でも最大頻度である（ただし「紫陽花」「山茶花」のような表記は「花」とカウントしていない）。季語で花といえば桜の花であるが、いずれも季語はその本意を尊ぶのが俳句の基本的主張、いわば「テーゼ」である。

ただ丈氏の花の用い方は季語としては、つつましやかに景の一部として存在している句が多い。少なくとも季語の本意を愛でるより、新たな本意を作り出しているとでもいうべきだろうか。

まんさくを見て来た人が淋しがる　H27・4

まんさくは春の訪れをいち早く知らせてくれる。雪が残っている山地でも咲き始める。名の由来は花弁が枝に満ちるさまを豊年満作と見立てたからともいう。明るい希望の花であるべきだが、あの細い花弁のねじれには一抹の寂しさを感じるのもうなずける。早春の花が咲くたびに下世話にいう冥土の旅の一里塚を思っても不思議はない。

紫陽花の終りを誰へ言ふとなく　H26・10

紫陽花は開花後に色彩が変化するところに趣があるが、それは一瞬に変化するわけではない。この句では紫陽花の終わりを独りごちたところがポイントであるが、そこには枯れるに至るまでの時間の経過に対する感慨がこめられている、それを「誰へ言ふとなく」という少し孤愁のただよう調子で表現したことで読者の胸にはやわらかくしみ込むようになっている。紫陽花は色の移り変わり、雨の風情等々、わりあい幅広い趣を持つのでこの句は格別に新鮮な趣とはいえないが、句の独りごちめいた表現に惹かれる。氏には紫陽花の句は多く〈紫陽花はまだあぢさゐで妻逝けり　H29・8〉など季語としての響きは絶唱である。また〈紫陽花の中の時間を通りけり　H27・9〉や〈紫陽花の中へ夜道のありにけり　H27・11〉は似たような構造となっているが、ともによく紫陽花という言葉が句の趣として響きあっている。

紫陽花のほかにも花の終わりの趣を詠う句が多いが、そこには、いずれもそれを見ている作者の影が濃い。

定かではなき臘梅の終りかな　H27・4

薔薇の家のバラの終りを通りけり　H27・8

人前で落ちたる寺の椿かな　H27・6

平成末期ごろからの丈氏の花の句には、季語としての響きにいままでにない新鮮な感覚のある句がめだつ。しかしあくまで、その新鮮さは日常生活の延長上感じる新鮮さであるところが心地よい。

昼顔の昼をどうにかしなければ　H29・9

この下の句は「昼顔の昼」という禅問答的な問いかけではない。作者は自分の今日の生活であるお昼の食事をどうにかしなければと思ったと考えると上質の俳味を感じる。

朝顔に届くヤクルト・ヨーグルト　R1・11
歯ブラシと並べて置いてチューリップ　R2・6

取り合わせた句材はごく日常的なモノばかりである。しかもあまりにも日常的な景でもあるせいか、丈氏は少しいたずらをしている。「朝顔」の句では「朝顔や」ではなく、「朝顔に」である。かつ「朝顔が」でもない。「朝顔や」であればごくありきたりの朝の景の句である。また「朝顔が」であれば朝顔の蔓が伸びて、配達されたヤクルト・ヨーグルトの壜にまで届いた景が想像されリアルな景であるが、千代女の句とそれほどの差はない（風流人気取りが好きなら別だが）。ここでは朝顔に罎が配達されたと考えると面白いと感じる人がいるかもしれない。「歯ブラシ」の句では「並べて置いて」と作者が登場したところがポイントであろう。読者はこの並べて置いた意図がまるで分らない、だが景は日常ありうるリアルなコトだ。だからその無意味さに驚く。もはやチューリップは春先の日常の一点景に過ぎない。読者は幼い子供のいる朝の風景でも思い出すしかない、作者の情は全く希薄である。

○その4 「無意味・ただごとである」というアンチタブー

「無意味・ただごとである」句というのは不思議な存在である。当たり前すぎるただごとの句にはなんらの趣も湧いてこないのでつまらない、という人もいれば、これこそ情には非ずの面白さがあるという人もいる。なぜそのような違いが生じるのだろうか。「無意味・ただごとの句」に関しては、すでに別の書（『「非情」の俳句』）で述べたので、ここでは詳述しないが、両者の違いが生じる因にはその句の読者の言語空間の相違がある。つまり、あるイメージから興趣を感じ取るかどうかは、その読者が持つ言語空間の共鳴周波数が一致するかどうかなのである。さらに個人の詩嚢によって響く周波数の数も響く音色も異なるのである。豊かな詩嚢ほど響く周波数も音色も多いはずである。無論それは多様性の範疇の問題であり、価値判断を下すべきものでもない。ましてや他を排斥するべきものではない。歴史的にはどちらかというと、いわゆる「ただごとの句」は排斥されることが多かった。その意味では「無意味・ただごと」の句を愛でるのはアンチタブーである。

青山丈氏の句には「無意味・ただごと」と思われる句が多く見受けられそれが、実に面白い。いくつかの例をあげよう。そして例を挙げるにとどめる、なにせただごとで無意味なのだから、説明するほど興趣が失せる。

無意味・ただごとの句は読者に情を押し付ける作品ではない。だから「非情の句」なのである。青山丈氏の俳句世界の未来に続く最も重要な触手はそこを弄っていると思う。

聞こえなくなる辺りまで笹鳴けり　H26・5
畳には畳の音や豆を撒く　H26・6
山茶花かと見て行くとさうであり　H27・2
団栗を抛る思ひのほか飛ばず　H26・12
半分のその半分に苧殻折る　H27・11
ブランコに坐つて足を浮かしてみる　H30・5
カステラはもう切れてゐる神無月　H31・1
学校のさくらの下の水を飲む　R1・7
正確に八ッ手の花を数へけり　H31・2
秋の茄子にも花付いて茄子畑　H30・12

§5　形態素解析からみた青山丈氏の世界

○テキストマイニング・形態素解析

本節は青山丈氏の『千住と云ふ所にて』より後に発表された自薦446句に対してテキストマイニングの形態素解析を行ない、その結果を参照しながら鑑賞・解析したものである。テキスト解析によって論考に客観的な根拠を与えるというテキストマイニングの重要性は先にも述べた。少し補足すると、本論考で用いたテキストマイニングのツールは、統計解析プログラミング言語であるRと日本語解析プログラムMeCabを徳島大学の石田基広先生が結合させたRMeCabを使用した。

本論考のテキストマイニングは主として形態素解析の結果を利用した段階である。形態素とは言語学で「意味の最小単位」であり、形態素解析ではテキストを形態素に分割したうえで品詞に分類特定する作業を行なってくれる。無論自然言語には機械言語にはない曖昧性を有しているので最終的には人間の手作業の介入が必要なことが多いが、現段階までの作業状況では、大略に変化を生じるほどの定量的な曖昧さはない。

○青山丈氏「自薦近作446句」の形態素解析の結果

表3は形態素解析による品詞の使用頻度である。青山丈氏の自薦の最近446句と『千住と云ふ所にて』の397句との比較が示されてある。また一句当たりの使用頻度に関しては前述した金子兜太代表句272句と池田澄子代表句138句も比較する便宜のために採録してある。ここから読み取れる結果をいくつか列挙し、考察を加えるとともに、前節までの鑑賞の参考としていただきたい。

　俳句一句当たりの名詞の使用頻度は丈氏の場合3・44であった。『千住と云ふ所にて（今後：千住）』と『自薦の近作（今後：近作）』の頻度が三桁の精度で一致しているのはたまたまでしかないとしても、3・4近辺のあたりを両作品集で示したことは、丈氏の俳句文体の特徴を表わしているのではないかと推定される。比較に示した池田澄子氏の代表句の場合は3・51であり、同氏の最近の句集『此処』では3・78である。澄子氏の場合は丈氏より若干大きいがいずれも3台の半ばより少し大きい程度である。これに比較すると金子兜太氏の場合は4・47と非常に大きい。このことは三者のいわゆる句調の違いが反映されていると理解される。

　特に名詞の使用頻度が虚字の使用頻度の裏返しであると仮定すると、丈氏の句調は「たるむ」方向に傾き、兜太氏の句はより「しまる」ことにな

表3　形態素解析

青山丈　『千住と云ふ所にて』					青山丈　近作から					参照	
『千住と云ふ所にて』	句数=397		重複度	頻度／句	近作	句数＝446		重複度	頻度／句	池田澄子代表句	金子兜太代表句
	総数（A）	種類数(B)	A/B	A/397		総数（A）	種類数(B)	A/B	A/446	138句	272句
単語	3450	1139	3.03	8.69	単語	3893	1106	3.52	8.85	1190	2447
名詞	1365	758	1.80	3.44	名詞	1535	710	2.16	3.44	3.51	4.47
副詞	51	42	1.21	0.13	副詞	57	35	1.63	0.13	0.16	0.09
動詞	606	239	2.54	1.53	動詞	694	261	2.66	1.56	1.41	1.28
形容詞	67	37	1.81	0.17	形容詞	64	36	1.78	0.14	0.25	0.25
助動詞	143	17	8.41	0.36	助動詞	182	16	11.38	0.41	0.48	0.30
助詞	1182	46	25.70	2.98	助詞	1361	48	28.35	3.05	2.59	2.37

る。「たるむ」「しまる」には何らかの価値判断が前提としてあるので、異なる表現をすると、名詞の使用頻度が小さい句は私にはやわらかく心にしみ込み、大きい句はごつごつした感じを与えている要因になるのではないかと推察している。無論定量的な判断を情的な領域に持ち込むためにはさらに多くのデータの蓄積が必要であることは当然ではある。

丈氏の二つの俳句母集団間の他の品詞を比較しても値はかなり似通っている。このことは作家ごとに特有の俳句文体があり、その文体はなかなか変化しないということを示している可能性がある。現状ではまだまだデータが少ないが、テキストマイニングによる解析手法は急速に俳句の世界でも普及してほしい。そうすれば作家間の比較も精度高く行われるようになる。

助詞は丈氏の句で情趣の形成に果たす役割が大きいことをいくつかの例でみてきた。子規の考えでは助詞の使用に関しては、動詞や副詞の場合とは異なり、忌避することのみを主張していた感があるが、そうとも言えないのではないか。

○青山丈氏の好みの名詞

表4には使用頻度の高い名詞が示されている。『千住』と『近作』では使用頻度の高い10位くらいまでの言葉では『千住』の「ところ」「男」の二語、『近作』の「紫陽花」を除いて、いずれも共通している。このことは句調にも句趣にも作家固有の言語世界があることを意味していると思われる。

表4　名詞使用頻度

『千住と云ふ所にて』（397句）					『最近の句』（446句）				
順位	名詞	機能	頻度	%	順位	名詞	機能	頻度	%
1	花	一般	22	5.54	1	花	一般	42	9.42
2	一	数	17	4.28	2	日	非自立	30	6.73
3	日	接尾	16	4.03	3	人	一般	28	6.28
4	日	非自立	15	3.78	4	日	接尾	25	5.61
5	人	一般	14	3.53	5	よう	非自立	21	4.71
6	ところ	非自立	11	2.77	6	桜	一般	19	4.26
6	家	一般	11	2.77	7	一	数	16	3.59
8	一つ	一般	10	2.52	8	家	一般	15	3.36
8	桜	一般	10	2.52	9	一つ	一般	14	3.14
10	男	一般	9	2.27	10	紫陽花	一般	12	2.69
11	よう	非自立	8	2.02	11	昼	副詞可能	10	2.24
11	近く	副詞可能	8	2.02	11	中	非自立	10	2.24
11	道	一般	8	2.02	11	椿	一般	10	2.24
11	二	数	8	2.02	14	ころ	非自立	9	2.02
15	こと	非自立	7	1.76	14	誰	代名詞	9	2.02
15	雨	一般	7	1.76	14	忌	接尾	9	2.02
15	何	代名詞	7	1.76	14	雨	一般	9	2.02
15	手	一般	7	1.76	14	色	一般	9	2.02
15	風	一般	7	1.76	19	こと	非自立	8	1.79
15	盆	一般	7	1.76	19	道	一般	8	1.79
15	夜	副詞可能	7	1.76	19	枇杷	一般	8	1.79
22	もの	非自立	6	1.51	19	葉	一般	8	1.79
22	菖蒲	一般	6	1.51	19	老人	一般	8	1.79
22	蝉	一般	6	1.51	24	二	数	7	1.57
22	千住	固有名詞	6	1.51	24	六	数	7	1.57
22	昼	副詞可能	6	1.51	24	水	一般	7	1.57
22	桃	一般	6	1.51	24	梅	一般	7	1.57
22	夕方	副詞可能	6	1.51	24	白	一般	7	1.57
22	蓮	一般	6	1.51					

特に「花」は多くの作家で共通して高い使用頻度にある。『千住』や『近作』でも1位である。ちなみに池田澄子氏の代表句で4位、『此処』で1位、金子兜太代表句で8位であることは先に示した。

『千住』で岡本眸が指摘したように、丈氏の使用頻度の高い名詞に数詞があることも先に示したが、その傾向は『近作』でもまだ続いている。

○青山丈氏自薦近作446句の名詞のワードクラウド

テキストマイニングの結果を視覚的にプレゼンする手段の一つにワードクラウドがある。

ワードクラウドは形態素解析を行なった結果の頻度を直感的な視覚化をすることができ

るので、よく用いられる。それ以上の意味は持ちにくいが興味を引くには適している。

口絵に示した図は青山丈氏自薦近作４４６句の名詞のワードクラウドで、丈氏が強く関心を示す事項（名詞）が直感的にわかるように文字の集合体で示されている。大きな字体ほど使用頻度が高くなっている。

§６　終わりに

青山丈氏の俳句世界は『千住』以来の、特徴とする独特のゆるい句調を形成してきた。また句趣の主要素である名詞の種類には基本的には大きな変化がみられずに、むしろ内容的には明確化してきたといえる。それらの傾向はテキストマイニングによる形態素解析によって裏付けられる。明確化してきた内容とは従来タブー化されてきた「瞬間を詠む」「虚字の使用を避ける」「季語の本意の絶対視」とは対極の方向にあり、それが丈氏の俳句の未来への触手になっていくことを期待したい。

本論考を進めるにあたってテキストマイニングツール RMeCab の使用に関し適切な助言をいただいた開発者の徳島大学石田基広教授に深く感謝いたします。

☆主な参考文献

青山丈『象眼』牧羊社、平成5年
青山丈『千住と云ふ所にて』ウエップ、2013年
「鑑賞・青山丈句集『千住と云ふ所にて』を読む」(「WEP俳句通信」76号、2013年10月)
見田宗介『現代社会はどこに向かうか』岩波新書、2018年
池田澄子『此処』朔出版、2020年
池田澄子『シリーズ自句自解ベスト100 池田澄子』ふらんす堂、2010年
坪内稔典・中之島5編『池田澄子百句』創風社出版、2014年
酒井弘司『金子兜太の100句を読む』飯塚書店、2004年(*同書に272句が載録されている。)
石田基広『Rによるテキストマイニング入門』(第1版，第2版)森北出版、2008年，2017年
「大特集　俳句は瞬間を切り取る」(「俳句」2012年2月号)
正岡子規『俳諧大要』岩波文庫、1955年
今泉恂之介『子規は何を葬ったのか』新潮社、2011年

付論　「誰の俳句世界」と「誰々たちの俳句世界」を論じること

俳句作品を語るには、一句一句を採り上げて、その趣を論じることも必要だが、その俳人の作品全体の趣、いわゆる「誰の俳句世界」を語ることの意味は、もっと大きい。その理由は「誰の俳句世界」がそのうち「誰々たちの俳句世界」となり俳句の流れを決定づけていく可能性があるからである。例えば、芭蕉の〈古池や蛙飛こむ水の音〉などは、俳句の流れに決定的影響を与えた一句という評価を与えることは可能であろう。「蛙の句」は今までの談林的な滑稽の趣からも中世の和歌的な趣からも一線を画したということで、あるいは禅的な趣を俳諧に取り入れたということで、画期的である、という具合に主張できる。しかしそれも『俳諧十論』で各務支考が「古池の句」の余情を論じたのをはじめとして、芭蕉門の皆が喧伝し、その結果、蕉風という「誰々たちの俳句世界」を形成していったからである。

この蛙の句に対して正岡子規は、日常のありふれた事象の妙を趣とする、ことを方向付け、位置づけたと評価しているが、蛙の句そのものをあまり高く評価しているわけではなさそうだ。つまり一句を独立して評価することと、その作者の俳句世界を評することには、実際には意義のずれがある。間違いなくいえることは、一句が画期的であるという意味を持つためには、それを方向付ける評とその後に従う良い意味でのエピゴーネン、あるいはシンパサイザーが必要だということである。

結局、俳句史（他のジャンルでもそうだが）は「誰々たちの俳句世界」の集合体として形成され、「誰々たちの俳句世界」は基本的には「誰の俳句世界」からしだいに形成されてくる。「誰々たちの俳句世界」は多くは、個人の作家名が冠せられることはあまりない。古くは貞門とか蕉風というような名称もあるが、近代以降は、ホトトギス派というように結社集団名で、あるいは新傾向俳句とか新興俳句のように「趣」「目的」の違いで周囲から名前が付けられていく。だから「誰々たちの俳句世界」は最適な命名ではないかもしれない、だが、理念を冠して「何々俳句世界」も分かりづらいので、そのままにした。「誰々たちの俳句世界」の中には、「人間探求派」のように恣意的にメディアが作り出したものもある。だが、加藤楸邨、中村草田男、石田波郷、篠原梵を包括してこれが「人間探求派」の趣だとか、これが俳句の向かうべき方向であるなどということができるのだろうか、少なくとも私にはできない。「人間を探求」といわれても荘子の混沌君みたいなものだ。現状はそのころ（大正とか昭和くらいの意味だが）の時代より、さらに複雑である。多くの未来を指向するがごとき小ベクトルが渦巻いているともいえるし、単なる混沌の時代とも見える。要するに現在は「誰々たちの俳句世界」が非常に稀薄なのである。こういう時代には、「誰の俳句世界」をおおいに論じる必要がある。多く論じてその中から未来へ発展して流れていく「誰々たちの俳句世界」・「何々俳句世界」を生み出して行かねばならない。

少し余談めくが、一句が後世に与える影響の仕方には、句材にまつわる系譜とでもいうべきものがある。例えば、池西言水は「木枯らしの言水」と呼ばれた。木枯らしの代表句の数句を挙げる。

木を枯らす凩の相手や海の音　大場寥和
凩のあたりどころやこぶ柳　内藤丈草
凩のまがりくねつて響きけり　夏目漱石
木がらしや目刺にのこる海のいろ　芥川龍之介
海に出て木枯帰るところなし　山口誓子

メタ時空を泳ぐ◉正木ゆう子

§1　正木ゆう子氏の俳句世界の核心

○ビー玉の中の宇宙

片目してラムネの玉を訝しむ　　正木ゆう子『水晶体』

昭和生まれの人の多くがそうであるように、正木ゆう子氏の思い出にも駄菓子屋は大きな位置を占めている。ネジリンボウ、フガシ、ヤキゲソそのほか得体のしれないお菓子。ビー玉、メンコ、オハジキ、子供世界になくてはならない小さな玩具。それらが詰まった駄菓子屋の狭い空間には幼いころの夢が凝縮され、そしてあふれている（『十七音の履歴書』）。

今では見かけることの少なくなった飲み物、ラムネの壜。壜にはくびれた絞りがあり、中に入っているビー玉が外に出ないようになっていた。どうやってあの玉を壜の中に入れたのか、不思議だった。氷水で冷やしたラムネを買うとビー玉は壜の入り口でぴったりと蓋になっていて、上から木栓でプシュッと押して壜の中に沈めると、中のラムネ液が泡だって外へ吹き出す。まったく訝しくも魅惑のある不思議な代物だった。

ビー玉の一番の魅力はその不思議な美しさだ。明るい方へ向けて片目で透かして見る。ガラスの中には小さな宇宙があった。大きな色彩の帯、これは銀河だ。ちかちか光る点が浮いている、これは星々だ。思えば天文学が急速に発達し宇宙構造のモデルが進化していたころだった。少年雑誌の記事から銀河系が渦を巻いたレンズみたいな形をしていることも、宇宙自体が膨張していることもおぼろげながら識っていた。そのころだったっけ、渋谷にプラネタリウムができて、入館するのに並んだのは。あのころ少年たちは（もしかしたら少女たちも）、ビー玉を飽きもせずのぞき込み宇宙に思いをはせていたものだ。

〈秋櫻われら土管で遊びしよ　正木ゆう子〉（『静かな水』）もそうであるが、俳句はノスタルジーのある景を描くのに意外と適していることはもっと強調してもよいことかもしれぬ。俳句という短詩が作り出す世界は無限のノスタルジーの世界への入り口であることをゆう子氏はよく知っている。

○「宇宙感覚」という時空を超えた眼

正木ゆう子氏は、現代人のもつ宇宙像を、理屈だけでなく感覚として趣にまで昇華し表現する俳人のひとりである。氏はこの感覚を「宇宙感覚」という。【太陽は遥か彼方にあるが、私たちは半年後には、あの遠い太陽のさらに倍の遠さの反対側まですっ飛んでいる。（中略）そんなふうにくるくるぶんぶん回っている地球の上で、振り落とされることなく、目も回らないなんて、引力とは何とありがたいのだろう】（『十七音の履歴書』）、これが正木ゆう子氏のいう宇宙感覚の表現の一つだ。宇宙感覚は地球を含む天体のモデル像を意識の底において生じる感覚である。人間は宇宙感覚を「自分をはっきりと地球の一部と感じ」ることでさらに現実的にあるいは超現実的に実感するようになる。

水の地球すこしはなれて春の月　『静かな水』

正木ゆう子氏のよく知られた代表句の一つである。句集『静かな水』の巻頭におかれている。氏は石段に座り、夕日を眺めながら感得する、すでに東の空高く昇っている月も地球の一部としての自分も遠い太陽からの光に照らされているのだと。このことは、いわば自分の肉体を離れ大きな造化主と同じ位置からの目となっていることで得られる趣である。つまり、この句は月を眺めている地球に存在する人間の目と、水の惑星と呼ばれる地球のすぐそばに寄り添っている月とを見渡せる位置から眺めている「大きな眼」との、二つの視座が同時に存在する。メタ空間の眼といってよいであろう。それらの視座からのイメージが同時に響きあってもたらす趣である。

いま遠き星の爆発しづり雪　『静かな水』

遠い星が爆発したという。私たちは現代科学の知識として、星が生れ死滅していくのを知っている。恒星はその生涯の最終段階で爆発して明るい光、文字通り最後の輝きを放つ。死に行く状態を超新星と呼ぶのは一種のアイロニーかもしれぬ。占星術師、陰陽師等は超新星の出現で人間社会の変動を予覚しようとした。ただ爆発した瞬間から我々がそれを認識するまで、どんなに近い恒星でも光の速度で何年もかかる、「いま遠き星の爆発」を同時的に感得するには、ゆう子氏と同じような時空を超えた感覚あるいは能力を持たなければならない。しずり雪は、いきなり落ちる。風のせいでもない、何かが触れたわけでもない、何かしらに感じたがごとくいきなり落ちるのである。詩人の持つ未来への触手は「しずり雪」が時空を超えた星の爆発の波に感応して落ちたことを察する力を有する。

同様に〈蓮の実の飛ぶや公転音もなく〉〈月見れば月の引力朴の花〉〈月のまはり真空にして月見草〉などは宇宙感覚とゆう子氏が称する感覚によって生まれた句である。

【地球に四季があるのは、地球の軸が太陽に対して二十三度半傾いているからで、他には四季の生じる理由は何もない。そんな単純かつ壮大な理由で、これほどの繊細な四季の移り変わりが見られることを思うと、四季を詠む俳句は、宇宙感覚とは切っても切り離せない関係にあると言っても過言ではない。】、著書『十七音の履歴書』でこのようにゆう子氏は述べる。現代における俳句は宇宙感覚とは切り離せないのである。

磁気切符月光の微粒子を帯び　『静かな水』

鉄道切符は上質紙の裏に磁気コーティングを施してある。よくみると微妙な光を帯びている。あれは磁気コートに生じた干渉色だが、月からの光の微粒子が反射していると思うほうが美しい。この句は光のモノとしての本質は粒子でもあり波動でもある、などという知識を有する現代人の表現である。ジョバンニの銀河鉄道の特別な切符は緑色だが、現代なら宮沢賢治は磁気コートを印刷した、あるいは虹色のメタリック印刷をしたICカードを想像したかもしれない。

○水が誘うメタ現実の空間

春の月水の音して上りけり　『静かな水』

句集『静かな水』の掉尾を飾る句である。巻頭の句と合わせて、この句集が宇宙感覚を中心的モチーフとしていることを象徴している。とはいえ、この句が表す景は、ゆう子氏の巻頭の句にみられる宇宙感覚とは視座が異なる。巻頭の句にみられる視座、造化主のごとき大きな眼から描くのでなく、一歩離れて超現実ともいえるような領域へと視点を移している。その意味では宇宙感覚というより、ゆう子氏の「言語空間」でシグナルやシグナレスのようにペカペカと点灯したり消えたりする、現実空間と超現実空間を自由に往来するメタ宇宙感覚ともいえる。この句意を現実世界に引き寄せて考えれば、水の音が聞こえる場所、たとえばせせらぎの音が聞こえる川辺で、あるいは類似の別の場所で優艶なる春の月の出をみているのかもしれぬ。しかしそのような現実的な興趣の世界で考えたのでは、この句の面白さは半減する。だいいち季語としての「春の月」は季節的には大気の関係で赤みがかっており、「朧月」とは異なる情趣と呼ぶべきであろう。しかしゆう子氏の詠う「春の月」は今まさに水を滴らせながら水平線から昇ってきたのである。超現実派の画家たちが好んで描きそうな景である。私はゆう子氏が視座を少し移動したというより視座を一歩離れたいわばメタ宇宙感覚で末尾を飾ったことに新鮮な感動を覚える。

木をのぼる水こそ清し夏の月　『静かな水』

このごろ幹に耳や聴診器をあてて、樹木が吸い上げる水の音を聴くことが流行っている。ザーザーゴオゴオという音には、まさに命の営みを感じさせる逞しさがあるということだ。実際に聞こえる音は梢を渡る風等が原因の振動で生じる雑音らしいが、それはそれとして、その音を樹木の命の鼓動のごとく聴くところが人間のすばらしさである。ゆう子氏のこの句は、水の音を聴いているとはいわず、「のぼる水こそ清し」と観念的な情感を述べ、かえって読者の脳裏にイメージが描かれることを成功させている。この「こそ」は係助詞としては已然形を伴い、意を強調する役目をはたすのが一般的だが、口語的な表現だと思えば必ずしもそれに捕らわれる必要はない。

むしろ「清し」と強く言い切った作者の気持ちは「夏の月」が心理的に与えてくれるエネルギーとあいまって生命の営みが伝わる。

しづかなる水は沈みて夏の暮　『静かな水』

句集のタイトルになったと思われる句である。この句は中七で切って〈しづかなる水は／沈みて夏の暮〉とも読め、沈んだ主語は省略されていると考えることもできないことはないが、やはり「しづかなる水は沈みて」と素直に読むべきであろう。すると句意は少しく難解になる。「しづかなる水」とは何を意味するのだろうか。

神野紗希氏が現代俳句協会のＨＰに掲載しているこの句の鑑賞では「しづかなる水」の興趣を的確に表現している。

……沈んだ水は見えない水だ。だんだん空が暮れてきて、藍色の闇が何層にもなって沈んでくる。水面にはやや騒がしい水も急ぐ水もいて、その一番底の層には、「しづかなる水」が横たわっている。「しづ」「みず」「しづ」のＺの韻も、どこか沈みゆく重たさを思わせる。光が絞られてゆく夏の夕暮れに、視覚よりも心が鋭敏になって、見えないものが見えてくる……

そう感じることによって水のモノとしての多様な姿を感じ表現し得たと、紗希氏は感嘆する。ゆう子氏の描きたかったモノとしての静かな水のありようはその通りである。

しかしそれだけでは私は物足りなさを感じる。本来的に水は流れ変化していくモノコトの象徴的意味がある。その伝統の中での「しづかな水」の興趣だ。「宇宙感覚」によって命と水とを表現する「ゆう子氏の言語世界」をたどってきた私には、夏の日の一筋の川である「しづかなる水」が想像の中で大きく地表を包み込み、あらゆるものをその底に沈ませて、過ぎ去ったものにひと時、いや永遠の安息をもたらしているという幻想さえ浮かぶのである。

本題から少しずれるが、水はあたりまえに存在しているのにもかかわらず、奇妙といっていいほど特異な性質を有する物質である。一例をあげると物質は温度が上がると膨張するが、水は摂氏4度以下では温度が下がると膨張する。あまり見慣れているので不思議さを感じないが、個体（氷）が液体（水）より軽いなどというのも特異な性質である。

また比熱が際立って大きいモノである、そのため海水が地球の表面温度をある範囲内に保ってくれている。その特異さゆえなのだろうか、水は「生命」の誕生や「宇宙」の在りようと深く関わりあっている。現代では命を詠うときには水を意識してしまうのである。

○「イノチ」というテーマ

古今東西、詩歌の最大のテーマは「イノチ」である。「生命（体）」は元来客観的に存在するモノであるが、ここでは人間が己の存在・己の生き様を主観的に強く意識したうえでの生命を「イノチ」として表する。無論詩歌だけでなく文学の多くは「イノチ」が主題だ。モノとしての「生命」、己という存在を強く意識した「イノチ」、当然ながら両者は不可分であり、かつ影響しあう。であれば、人間がモノとしての「生命」への理解を急速に進め、制御さえ可能になりつつある現代においては「イノチ」へのアプローチの視点も変わってくるはずだ。

総身に遺伝子らせんなす春よ　『静かな水』

個々の人間の生命は有限である。無限でないところに永遠性を希求するから芸術は生まれる。実は視点を変えれば個々の「生命」にも有限であると言い切れないところがある。本来「生命」というのは次の個体へと種をつなぎ、個体の経験を遺伝することに生命体の本質があるといえるのではないか。であれば、個々の「生命」はその伝承で生き延びていると考えてもあながち誤りとは言えない。

生命体としての伝承は遺伝子によってなされ、その情報はらせん構造を有するＤＮＡという分子が担っている。現代人はそのことを知識として知っており、その遺伝情報を人為的に操作すらできる時代になってきている。ゆう子氏の宇宙感覚は天体のみならず生命の本質にもおよぶ。おのれの身体の細胞すべてにＤＮＡのらせんが存在し遺伝子となっていることを想像してみるがよい。

この句に読者の心が共振するのは下の句をなす「春よ」にある、作者の想像力が生命体として春を感じ、今ここに自分が存在していることの不思議を感じ歓喜していることにである。

星月夜生れむといのちひしめけり　『静かな水』

命を生み出すエネルギーを詠うメタ時空的感覚の句である。句意は多様な解釈が可能かとも思われる。本来「星月夜」は玲瓏な感じを趣とする秋の季語であるのに対して、下の句で表出した「いのちひしめ」く、という趣は此の世・地球上で考えるとどうしても春の興趣である。だからこの「生れむと」しているのは地球上・此の世の出来事ではないと考えたい。では「いのちひしめ」いているのはどこであろうか、星月夜、すなわちあの玲瓏なる宇宙空間である。そこには星や生命のもととなる星間物質が存在し、それが集まりまさに星や生命が生まれんとしているのである。ゆう子氏の宇宙感覚に誘導され、読者の想像力はメタ時空間のイメージを星月夜に描くのである。

このように宇宙感覚は生命・「イノチ」と結びつき、メタ時空的感覚へと発展するのである。このことこそ、新しい時代における「イノチ」の問題を追求するとき触手が感じ、とらえるべき視座の一つである。

また「イノチ」の問題は永遠性を求める課題でもあるゆえ、必然的に転生という概念に触れていくことになる。宗教的概念も含めて転生はいわば人間にとって永遠に考え続けるべき課題でもある。多くの詩人俳人も触れ、ゆう子氏の場合も例外ではない。〈さくら貝と生れてうすももいろの視野〉（『静かな水』）〈世は斜めほたるぶくろを這ひ出して〉（『静かな水』）〈いつの生《よ》か鯨であり し寂しかりし〉（『水晶体』）等々は転生を扱いそのモノになりきっての表出が面白い。

○「イノチ」そして「音」

モノの「本質」に迫るには「波」の概念を避けられないことは現代物理学の教えるところである。宇宙空間は音波を伝える物質が希薄なので、たぶんほとんど無音らしい。とはいえ、光の波や重力の波など様々な波にあふれている、想像するだけで美しい光景だ。古代ギリシアの哲学者ピタゴラスは惑星と太陽の発する音が和音となり天球に満ちていると想像した。宇宙は「天球の音楽」に満ちあふれているに違いない。実際、先日NASAは宇宙に満ちている波を可聴音波に変換してわれわれに天球の音楽を聴かせてくれたので楽しんだ方もいるであろう。

だが、宇宙感覚を有する人間は、音波へ変換するハードもソフトも必要としない。万物の発する音はそれが、微小で微妙なほど、心の中で共鳴させることのできる触角を人間はもつことができる。ゆう子氏もその一人である。これも明日への触手のひとつである。

とねりこの散る極小の音聞かな　『静かな水』

聞えしは虹のこはれし音ならむ　〃

§2　形態素解析からみた「正木ゆう子の俳句世界」

○形態素解析の対象

正木ゆう子氏の句集は第1句集『水晶体』（1986年）、第2句集『悠 HARUKA』（1994年）、第3句集『静かな水』（2002年）、第4句集『夏至』（2009年）、第5句集『羽羽』（2016年）がある。未来への触手と考えるゆう子氏の俳句世界の基本的な視座は『静かな水』の時代で出そろっていたと私は考える。

2004年に刊行された『正木ゆう子集』には第1句集『水晶体』からゆう子氏が3句を削除して233句、第2句集『悠 HARUKA』から全273句、第3句集『静かな水』から約半数の143句、それから句集にない句の拾遺として117句が収録されている、いわばそれまでの自選句集である。

本論考では『正木ゆう子集』採録の句を対象として形態素解析を行なった。形態素解析は本稿でも石田基広氏の『Rによるテキストマイニング入門』第1・2版を参照してRMeCabで行なった。

対象とした全765句は『静かな水』より前の二つの句集の506句と『静かな水』を中心とする260句に分けて解析した。『静かな水』がそれまで

参照	
池田澄子代表句	金子兜太代表句
A/138	A/272
1190	2447
3.51	4.47
0.16	0.09
1.41	1.28
0.25	0.25
0.48	0.30
2.59	2.37

の作品群（第1・2句集）と比較して発達した特徴が表れることを期待したからである。今回の解析で使用する「辞書」の関係上「歴史的仮名遣い」を「現代仮名遣い」に置き換え解析に供した。

○形態素解析の結果

表1は形態素解析による品詞ごとの使用頻度である。いくつかの特徴をあげよう。

・名詞の使用頻度は『静かな水（抄／拾遺）』と『第1・2句集』は、3・80〜3・85である。他の俳人の例では前出の金子兜太の場合は4・47、池田澄子氏の場合は3・51であり、両者の中間にある。青山丈氏は『千住と云ふ所にて』も『近作446句』も、ともに3・44だったので、まだ例は少ないが、一句中の名詞の使用頻度は個人の特性的な値になる可能性があるのではないかと推測される。

・先に指摘したが、正岡子規は句調のたるむのは虚字が多く、名詞の多い場合はしまりやすいと述べている（『俳諧大要』）。子規が琴の糸で例えたようにたるむ状態は響かず避けるべきである。これは敷衍すれば名詞が多いほど（しまるから）良い、ということになる。しかし、いくつかの例で

表１　形態素解析（正木ゆう子）

	『静かな水（抄/拾遺）』句数=260					『第１・２句集』句数=506			
	総数（A）	種類数（B）	重複度（A/B）	（頻度／句）（A/260）		総数（A）	種類数（B）	重複度（A/B）	（頻度／句）（A/506）
単語	2112	1054	2.00	8.12	単語	4261	1759	2.42	8.42
名詞	989	730	1.35	3.80	名詞	1949	1192	1.64	3.85
副詞	36	28	1.29	0.14	副詞	59	47	1.26	0.12
動詞	302	198	1.53	1.16	動詞	682	385	1.77	1.35
形容詞	60	40	1.50	0.23	形容詞	126	69	1.83	0.25
助動詞	84	17	4.94	0.32	助動詞	178	19	9.37	0.35
助詞	641	41	15.63	2.47	助詞	1267	47	26.96	2.50

みてきたように、名詞の使用頻度の大小は、あくまで文体としての多様性であって、「たるむ」「しまる」のような価値判断を持ち込むことは発展の可能性を阻害しかねない。

・『静かな水（抄／拾遺）』と『第1・2句集』を比較したときに気が付くことは、使用する語彙の多重度の変化である。同じ単語が使用される頻度（表で重複度）は副詞を除けば前者の方が低い、すなわち『静かな水（抄／拾遺）』の方が多彩な単語がちりばめてある。ただし助動詞と助詞はもともと種類が少ないので同じような評価はできない。

○正木ゆう子氏の好みの名詞

・正木ゆう子氏の使用する名詞で特に目立つのは接尾辞として名詞を形成する「さ」である。例えば『静かな水』では「冷たさ」「涼しさ」「さびしさ」等が複数使用されている。『第1・2句集』でも「さ」は4位と使用頻度が高いのが、正木ゆう子氏の特徴である。

・「花」の使用に関しては正木ゆう子氏の場合も今までの他の俳人の解析結果と同様高位の使用頻度である。「さくら」や「櫻・桜」を加えれば、『静かな水』や『第1・2句集』ともに、ずば抜けて高い。

・特徴的なのは「水」と「音」に対しての関心の度合いが強いことである。『静かな水』では各々5位と6位、『第1・2句集』では水が1位、音は62位と非常に少ない。「月」も傾向は同じであり3位と67位である。「音」と「月」への関心は『静かな水』の時代に高まったのであろう。「月」

表２　名詞使用頻度

『静かな水（抄/拾遺）』句数=260					『第１・２句集』（506句）				
順位	名詞	機能	頻度	使用確率%	順位	名詞	機能	頻度	使用確率%
1	さ	接尾	12	4.62	1	水	一般	27	5.34
1	花	一般	12	4.62	2	花	一般	23	4.55
3	月	一般	10	3.85	3	春	一般	21	4.15
3	春	一般	10	3.85	4	さ	接尾	20	3.95
5	水	一般	8	3.08	5	冬	一般	17	3.36
6	音	一般	7	2.69	6	夜	一般	16	3.16
6	冬	一般	7	2.69	7	一	数	15	2.96
8	ひとつ	一般	5	1.92	8	こと	非自立	14	2.77
8	ら	接尾	5	1.92	8	雪	一般	14	2.77
8	一	数	5	1.92	10	山	一般	12	2.37
8	夏	一般	5	1.92	10	父	一般	12	2.37
8	雪	一般	5	1.92	12	空	一般	11	2.17
8	日	非自立	5	1.92	13	む	一般	10	1.98
8	風	一般	5	1.92	13	秋	一般	10	1.98
15	つて	一般	4	1.54	13	草	一般	10	1.98
15	む	一般	4	1.54	16	中	非自立	9	1.78
15	闇	一般	4	1.54	16	髪	一般	9	1.78
15	奥	一般	4	1.54	18	夏	一般	7	1.38
15	山	一般	4	1.54	18	息	サ変接続	7	1.38
15	実	一般	4	1.54	20	男	一般	7	1.38

「水」「音」は正木ゆう子氏の俳句世界、ことに『静かな水』の世界の基本的トーンになっている。このことから正木ゆう子氏のメタ時空間を構成する重要なキーワードは「水」「月」「音」であることを定量的に裏付けている。

○名詞のワードクラウド・その比較

テキストマイニングの結果の一部を示すワードクラウドは視覚を楽しませてくれる。

『静かな水（抄／拾遺）』と『第1・2句集』のワードクラウド図を表2をもとに作成。本書冒頭に口絵として掲載した。

§3　メタ空間を出入りすること

○正木ゆう子氏の宇宙感覚に対する評価

正木ゆう子氏の俳句世界を多くの論者が語っている。その中でゆう子氏の宇宙感覚をどのように評しているか、目に付くいくつかの評について述べる。
・藤田真一氏は正木ゆう子著『正木ゆう子集』に「俳句の器量」という正木ゆう子論を寄せている。そのなかで第1句集を「無垢の詩心」、第2句集を「自覚される俳境」というキーワードで語った後、第3句集『静かな水』に対して「宇宙の広がり・水の深み」をキーワードにして、句集全体が一個の作品となるように構成されたこと、俳句が詩的貧困に陥らぬための想像力を駆使していることを指摘したことは全く同感である。ただ、「宇宙感覚」の意義の掘り下げが欲しい。
・小川軽舟氏は著書『現代俳句の海図』で正木ゆう子氏を評した章に「宇宙との交感」というサブタイトルをつけているのでゆう子氏の宇宙感覚の重要性が指摘されているといえる。またゆう子氏の発言【世界というのは非常に重層的なもので、(中略)例えばあの世もここに重なって存在しているという、私にはそういう感覚がある】を引用していることは、メタ時空間の存在の意義を指摘していると考えられる。加えて、ゆう子氏の『静かな水』以後への作品への期待とそれゆえの不満ともとれる言葉は鋭い。
・筑紫磐井氏は『現代俳句大事典』の正木ゆう子氏の項でゆう子氏の自分中心の俳句と生活スタイルが現代の若い女性の趣向にかなない同時代の先駆けとなったと評している。宇宙感覚については直接触れていないが、先駆性を有する自由奔放な精神と捉えたことは面白い。

◯メタ空間からモノの本質へ

「其貫通する物は一なり」、はさておき、芭蕉の時代と現在とで俳句の興趣は変化したかと問われたら、私は「すべき」と答える。そして「イノチ」の認識レベルが変化したと述べる。無論、伝統的な興趣を繰り返し、生活に潤いを与え楽しむことは現在でも必要である。だが、その時代のモノ・コトや「イノチ」の認識を反映した趣を加えることも、その時代の俳人のなすべきことだろう。

俳句によって芭蕉が追い求め表現しようとしたのは「風雅の誠」である。「風雅の誠」を追うという理念は現代の俳人流にいうと「モノの本質に迫ることである」と、言い換えても見当外れではない。哲学者や思想家は、モノの本質や人間存在の意味に迫り、ひょっとしたら苦悶しながら思索を重ねる。そのくらい重たい課題だろう。多くの俳人も、モノや人間や命の本質に迫ろうとする。だが、その人によるかもしれぬが、苦悶というより、心地よいテーマにしかすぎない。別に揶揄しているわけではない。短詩型の特に俳句の世界は、少ない言葉が読者の言語空間に無限の共振を起こしてくれる可能性に依拠しているだけで、重たい課題に対して思索を重ねることには向かないだけのことである。

では俳人にとって、モノの本質に迫るというのはどういうことなのだろう。多くの表現者はそのモノの属性をそれらしく表現することで本質に迫ったと自負し、また評者もそう賞賛する、たぶんそれが実態に近いであろう。もちろん、「モノの本質に迫る」という文芸上の言葉は、科学的なあるいは哲学的なそれとは異なる。本来的にはモノの本質に迫るのは物性論や素粒子論の領域の話である。だが、文芸上のモノの本質と科学上のモノの本質とは全く無関係なものと考えてよいのであろうか。最もサステナブルな文芸上のテーマである「イノチ」に迫ることでも、現代は日常の視覚、聴覚だけではつかみえないような世界が広がっている。無論、想像にしてもその世界は限りなくリアルである。現代の生命観、宇宙観は我々の日常感覚を超えてしまっている。したがって我々には日常の感覚の世界と知力に依存した想像力で理解するリアルな世界とが融合しているメタ時空間が必要であり、それを感じることのできる触角が必要である。それが「明日への触手」であり、正木ゆう子氏はその触手を有する俳人の一人である。

☆主な参考文献

正木ゆう子『十七音の履歴書』２００９年、春秋社
正木ゆう子『正木ゆう子集』２００４年、邑書林
正木ゆう子『羽羽』２０１６年、春秋社
神野紗希「現代俳句コラム」現代俳句協会ＨＰ（２０１５年10月１日付）
小川軽舟『現代俳句の海図』２００８年、角川学芸出版

鷹羽狩行監修『現代俳句大事典』普及版　２００８年、三省堂
石田基広『Rによるテキストマイニング入門』第２版　２０１７年、森北出版

間《あわい》の世界を遊ぶ◉坊城俊樹

§1　バナナというモノ

○曲がるバナナ

丑 三 つ の 厨 の バ ナ ナ 曲 る な り　　坊城俊樹『あめふらし』

坊城俊樹氏が折に触れて披露する自作の句である。俊樹氏というとすぐこの句を思い出し、私も愛唱している。氏のエッセイ集『丑三つの厨のバナナ曲るなり――俳句入門迷宮案内』の「ひいじいさん高濱虚子」という項を引用する。

……虚子の幽霊が出てくれるなら話したいことがたくさんある。まず、最初にさまざまなことで叱咤されるだろう。なんだおまえの、〈丑三つの厨のバナナ曲るなり　俊樹〉という句は。

というのが最初、その後の小言はおよそ想像がつく。……

確かに変わった句である。だが私には、「小言」を想像するのはむずかしい。あれこれと考えたのだが、結局のところ出現した虚子は、にやりとするだけのような気がする。虚子の次女星野立子はその才能で虚子の作らんとした俳句世界を豊かに推し進める役割を果たした。虚子は俊樹氏のことも、立子とはまた違った意味で虚子俳句の世界を広げてくれる、虚子流に言えば道筋は異なっても同じ頂上を目指している、かわいい曾孫と思うに違いない。

虚子は俳句を極楽の文学と呼ぶように、仏教に関連付けるのが好きだったが、俊樹氏にもその傾向がある。季題を仏教でいう曼荼羅に擬し、それを縦横無尽に駆使して俳句ワールドを創造するという。

冒頭に掲げたこのバナナの句の自解にもそれが出てくる。氏はまず「この句はアバンギャルドな感があるが、写生の句である」と主張する。それを説明するのに「バナナ」という季題を「枯木」に替えてみる。〈丑三つの厨の枯木曲るなり〉では、異次元のものがふいに台所に出現したようである。それはそれで面白いと感じるむきもあるだろうが、枯木は「季題としての本意の完全崩壊」であり、原句の方が【バナナという季題の暑苦しく曲がる熱帯の果実の本意をとらえている】と、氏は説明する。加えて、「俳句の季題は宇宙の曼荼羅を詠うものであり、本意の逸脱は偽曼荼羅を形成することである」、ということが説かれる。もし本意の逸脱が季節感の無視、あるいは放棄という意味であればまさにそのとおりである。その観点では、逆に季節感があればすべて、歳時記への採録の有無にかかわらず、俳句世界の「正しき」曼荼羅を形成することができることになる。

　この曼荼羅の箇所で、本意とはなにかについては深くは述べられていないが、文意から察すると歳時記にある季題、季語の説明に限られた狭義の考え方ともっと広義な季節感との間をあたかも迷宮のごとくさまよっている感もある。実際に俊樹氏の本意としたものは曲がったバナナから感じる「暑苦しさ」であり、見た限りの歳時記にはバナナの暑苦しさは本意としては述べられていない。しかし言語空間が豊かな読者はバナナの熱帯夜的暑苦しさに共鳴するであろう。歳時記によってはバナナには季節感が薄れていると、わざわざ記述してあるものもあり、バナナの本意とは何かは輪郭が不明瞭ではある。氏が記述の中に「本意」という言葉を使っていたので、私も（本意ではないが）反応してしまった。現代でも「季語の本意」に関しては儵《しゅく》や忽《こつ》のごとく七穴を穿ちたがるご仁が多いようであるが、やめた方がよい。季節感は読者諸氏が、その時空・環境に依存しながら感じるものである。かつて実際の自然環境を知らない殿上人や古典素養の無い荒くれ武士には本意を説明するのが必要であったろうが、本来定義化して固定すべきものではない。常に社会共通の文化として自然に育っていくべきものであろう。俊樹氏自身もそのような定義づけが無意味であると悟っているはずだ。

　それで思い出すのはひいじいさんの高浜虚子のバナナの句である。

川を見るバナナの皮は手より落ち　高浜虚子

この句は俊樹氏の頭の片隅にあったと思う。私は、この句から季語「バナナ」の夏を感じるかというと、あまり感じない。むしろ冬の淡い日差しを浴びながらぼうぼうぜんとして橋から川面をみている人物の景を想像してしまう。この句は、いわゆるただごとの句とよく呼ばれる。俊樹氏も別の論でそのことを述べている。だからといって、俊樹氏はバナナの句を作るのにただごとを意識しなければならない義理はない。〈丑三つの厨のバナナ曲るなり〉の句で、俊樹氏は虚子のただごとの句の「向こうを張った」のかしらと想像したりする。氏はただごとが持つ趣を季語の方へ引き寄せてみたかったのであろうか。それは解らないが、読者からすると、氏の「厨バナナ」は間違いなく世の中に対してただごとと呼ばれる句の趣を問うている句である。無理やり夏の季語としての本意に結び付ける必要はなかったのではないか。

ともあれ日本伝統俳句協会の重鎮である坊城俊樹氏である。伝統交響曲を奏でるためには後ろ向きにタクトを振る必要がある。そして、私は後ろを向きながら前にせかせか歩いたり、飛んだり跳ねたりしているような坊城俊樹氏の姿がこのうえなく好きである。

§2　坊城俊樹氏の未来への触手

○未来の曼荼羅世界をまさぐる触手

俊樹氏の俳句は、過去の伝統の中に「鎮と納まっている」タイプではない。何かを探りつかもうと触手を振り回している。現時点では、氏の触手は何を未来のものとして感じ取っているのだろうか。氏は虚子と同じような仏教用語、つまり極楽とか曼荼羅等々を使用している。だが「単純な」極楽の文学をまさぐっているのではなさそうだ。もっといえば虚子流極楽俳句観でもあるまい。感覚的に私は述べているのだが、どうやら俊樹氏の曼荼羅世界は、両部曼荼羅図のように主尊を中心に整然とちりばめられている世界ではない。もっときらめく銀河世界を時空航行機に乗って動き回っているような動的なところがある、時空の中をまさぐりのたうつ触手のようなところがある。氏の俳句世界の読者には、人にもよるが、単なるきらびやかな多様性の世界にしか映らないだろう。しかしその触手が反応するモノコトには一定の傾向がある。気になる俊樹氏の句から、それを生み出した彼の触手を調べよう。気になる句は『零（Zero）』とか『あめふらし』の初期作品に多い。

○モノの命をまさぐる触手

輪廻思想も時代で変わった。現代では原子や分子階層の物質循環という考え方で輪廻思想に納得感をもたらす。つまり我々の身体を構成している原子や分子にはかつてクレオパトラや松尾芭蕉の肉体を構成していたそれらが入っている可能性が確率的にあるという、それだ。この思想はもっと推し進めたら、すべての命はこの宇宙においては無限に微小で多数な等価の存在である、あるいは命といえども単なるエネルギーの揺らぎでしかないという事実を我々につきつける。さらに推し進め、そこに自分の命を強く意識してしまうと、あまりの自分のモノとしての小ささに打ちひしがれて虚無の世界の入り口にも導いてくれる。

虫いくつ玉虫に生れかはりたり　　『零（Zero）』

全ての命は等しい価値を持つという考え方つまり命の等価性や、モノは原子・分子で構成されその構成は変化してやまないという物質の不滅・流転性は容易に輪廻思想に結び付きやすい。人が他の生物や物体になり、その感覚で世界を観ることを「同化」の視点と呼ぼう。「同化」には現代的な宇宙観が反映されているといえるはずだ。

○仕組まれたスパーク

隠岐沖へ木端微塵や夜這星　　『零（Zero）』

俊樹氏は一つ一つの言葉が背景として歴史的に重ねてきた意味の世界を有効に利用する。つまり一種の連想性を意識的に利用することが多い。ある場合は読者のいわゆる深読みまでも期待している。そして読者の言語空間でのスパークを誘発する。

この句には幾重にも仕組まれた俊樹氏の趣世界への仕掛けを私は感じる。「隠岐」は俳人にとって聖地のひとつである。俳の精神の源泉ともいえる地下連歌の愛好者後鳥羽上皇が承久の変に敗れ流された島である。俗を理解し諸芸を愛し庶民との交わりを好んだ後鳥羽上皇はそこで崩御され今でも「ゴトバンサン」として島民に親しまれている。一般には加藤楸邨の句〈隠岐やいま木の芽をかこむ怒濤かな〉で知られている。彼の第4句集『雪後の天』（昭和18年刊）の「隠岐紀行」に含まれている句だ。俊樹氏のこの句では木端微塵という言葉がなかなかのくせものである。この言葉から沖の怒濤がイメージされ、後鳥羽上皇の無謀ともいえる軍事クーデターが想起されるのである。

ただここまでなら、歴史を踏まえたうえでの一種の感慨の句であるが、氏の世界はそこにとどまらない、下五の「夜這星」の斡旋がどういうイメージを形成するかに興味がある。夜這星は流れ星の傍題である。隠岐という都から離れた怒濤の海に一つ流れ星を見た、雅なる美しい景である。だが夜這星という傍題は流され王後鳥羽の島での生活の一面を想起させる土俗的な趣がある。

そのような鑑賞は氏の本意とするところかどうかわからない。しかし、私は氏の俳句世界で様々な想像力が弾け煌めき、触手のように活躍することを大いに楽しむ。

○レトロ趣味は未来に響くか

寒き電線絡み入るスナック純　『日月星辰』

見失ふ四万六千日の女　『零（Zero）』

俊樹氏のレトロ味が効いている俗世界の句であり、未来への触手というと言い過ぎかもしれぬ。レトロ趣味の情緒を好む傾向は社会風潮として近代の終期以前から顕著だから、特に未来への触手というには、はばかりがある。が、レトロは確かに近代合理主義がめざすものではない。しかもその多くは大正ロマンの世界であったり、昭和中期から戦後初期への郷愁である。端的に言えば永井荷風の濹東綺譚や浅田次郎の天切り松の世界である。漫画で言えば滝田ゆうや西岸良平の世界である。

レトロ趣味はそもそも前進を旨とする近代合理主義では後ろ向きの姿勢である。だが、近代以降でも時代の行き詰まりが目立つようになった時には自然発生的に台頭するのではないだろうか。いわば未来へ進めというアラートかもしれぬ。その意味では、現代にはまたレトロ主義が新たな装いで復活してくることも一種の未来への触手とおもえないことはない。

○情より存在を重視する「非情」の俳句の世界

凍蝶か凍蝶の死か吹かれあり　『零（Zero）』

この蝶の句の周りを〈凍蝶の己が魂追うて飛ぶ　虚子〉の句の蝶がゆっくりと飛んでいく。俊樹氏の頭の中の景だ。

俊樹氏は自解して次のように述べる。

……拙句もまた、これが人間の死生論云々などということはなく、単に冬の蝶の最期の姿態を諷詠したに過ぎぬ。だから、「をり」でも「けり」でもなく、「あり」というそのままの状態をしか写生していない。「をり」では、居るという存在をあえて言うことで意味がくどくなる。また、「けり」となれば、切れ字の効果が顕著で、蝶の存在より句の余韻のほうに重点が置かれすぎてしまう。（中略）ただ、この「死が吹かれ」ているという、その表現を「客観描写」と言えるかどうかは、世の議論を待たねばならない。……

情より存在を重視する俊樹氏はいわば「非情の俳句」を目指そうとしているといえる。だが氏は「世の議論を待つ」と述べたように、モノに徹することと蝶の魂との間で行き来しスパークを起こして迷っている。

§３　カオスとパトスへのあこがれ

○『壱』のあとがき：間《あわい》とカオスであること

俊樹氏は最近句集『壱』を出版した（２０２０年11月）。赤と黒を基調とした装丁は私も好みだ。氏の言語空間を飛び回りながらスパークを発する触手は健在だろうか。

「あとがき」で少しく、どぎまぎした。舞台裏で着替え中の「あの人」をみてしまったように。

……今回は「真実と虚構」「聖と俗」「写生と抽象」などの句が闘ぎ合うようにできている。虚子で言うなら「客観写生」から「主観写生」へ至る道へのテクストを行ったり来たり。

……

俊樹氏は自らの句を構成する多数の二項対立的な闘ぎ合いについて述べている。俊樹氏の俳句世界が動的であり、あちこちスパークしながら動き回る触手の印象を受ける原因は、「やはりそれだな」と肯んじつつも、好きな女の正体をみてしまったような一種の落胆がある。

特に、最後の表現「行ったり来たり」に強く私は反応した。二項対立軸とは私の勝手な命名だが、およそ言語空間は多次元空間であろうし、その座標を構成する各軸は主観と客観、真実と虚構、聖と俗、写生と抽象のような対立概念で考察することが可能である。「二項対立」と一口に言っても弁証法的な（正／反）や文化人類学的な（中心／周縁）というような視座もそれに入るのだが。氏が列挙した二項対立軸の概念は特に目新しいものがあるわけではない。中で特徴的なのは「聖と俗」であるが、これも以前からの氏の関心事である。私事だが私の句集に「聖と俗の共存」がある事を俊樹氏は指摘してくださったことがある。２０１５年刊の句集『碇星』の書評座談会だから氏にとって昔から強い関心事であったのだ。

俊樹氏の初期の作品でそれを確認してみよう。

蟻ひとつ天台宗の門を入る　『零（Zero）』

この句はすらすらと蟻が山門を入っていく様子と捉えるのも良し、また二句一章の構造で読むのも良いであろう。いずれにしても、天台宗の門を入る（この場合入門すると理解するべきであろう）時にふと己の存在を一匹の蟻に擬して考えたのであろう。そこには人間の知恵を象徴するがごとき大きな山門と、小さな生きて働くだけが定めである日常の象徴としての蟻の存在は聖と俗の対比であると言えよう。あるいは大きな人造物と小さな生物の対比だろうか。しかしそのような「深い」意味に、この句を捉えない方が良い、小さな蟻が天台宗のお寺の山門を通過して入っただけのことである。大宇宙から見たらそんなことは無意味ではないか、そのように考えてもよい。そのあわいで、ああでもないこうでもないと行ったり来たりしている感じがたまらなく面白いのである、もちろん行ったり来たりするのは読者なのであるが。

『壱』で二項対立的な意味構造を有する句をいくつか見てみよう。実は氏が意識的に句を構成したかもしれない典型的な数句をみたときに、期待したような言語空間でのスパークを感じることがなかった。

〈神池の神旅立ちてそれつきり〉〈虚子論も冷し汁粉を食べながら〉〈ボヘミアングラス擬きに冬の蠅〉等々であるが、とても面白い句である、にもかかわらず以前『零（Zero）』で感じた火花を感じることはなかった。七竅《しちきょう》を穿った混沌、なのかもしれない。詩歌の世界は恐ろしい。

○原初・パトスへのあこがれ

聖と俗という対立軸の存在を大きくクローズアップしたが、近代合理主義が終焉を迎えつつある現在から近未来へかけて最も重要な視座の一つと筆者は考えている。坊城俊樹氏は「中上健次文学とは、民族と風土の根幹たる自然界とそれを逸脱した大都会の日本への挽歌とおもっている」とその著書で述べている。

少し付言すれば、文化人類学者の山口昌男の『文化と両義性』等々の著書で述べられた中心と周縁という二項対立的思考の枠組みがこの中上健次文学への見方には生きており、その影響が俊樹氏の俳句世界に及んでいる姿を私はここに見る。俊樹氏の二項対立も単純な大小、高低、白黒のような直線的な対立軸の上だけで考えては面白みがない。熊野の路地における天地神仏への信仰心、死生観を中世以来の時や階層を貫く棒のようなものであり、その本質を詠うということでは俳句も同じなのだという。

そういえば中上健次と角川春樹の対談を描いた『俳句の時代』を想起する。熊野や吉野・遠野を聖地として語り合う対談録であるが、戦後の近代化に対して地底の底にうずもれたものにひかれ、「漢」を美意識の根幹とするという思想が貫かれたものであった。現代に蘇るパトスとカオスの寄座としての俳句、そのような言葉が私の頭をよぎった。

☆主な参考文献

坊城俊樹『丑三つの厨のバナナ曲るなり――俳句入門迷宮案内』２００６年、リヨン社
坊城俊樹『壱』２０２０年、朔出版
山口昌男『文化と両義性』２０００年、岩波現代文庫
中上健次・角川春樹『俳句の時代』昭和60年、角川書店

透明な私・語りかける私◉神野紗希

§1　語りかけるということ

○私的思い出

いきなり私的な思い出で恐縮する。神野紗希氏に出合った時の印象を述べたい。もうずいぶん昔だ。俳句結社「ひまわり」の高井北杜主宰（当時）から「NHKの俳句王国に出席してみないか」といわれた。そのころの私はまだ物性屋（物質の性質を研究する生業の人）の仕事にてんてこ舞いをしており、正直言うと俳句は二の次くらいだった。だが愛読書『里山歳時記』の著者・宇多喜代子氏のご尊顔を拝せる、ということで、のこのこ松山へでかけた。そのとき俳句王国の局側の人として神野紗希氏がいたのだ。控えめだが、的確な発言をする才媛という印象で名前はしっかり覚えた。二の次とはいえ、当時から俳句の雑誌に、眼だけは通していたので、紗希氏はよく勉強をする若い俳人という印象をしだいに強くした。明確に記憶に刻まれたのは、２０１８年に氏が発表した「透明な私、他者としての口語」を読んでからである。それは口語による俳句の「語りかけ」についての論考であった。

「語りかける」、という言葉が刺激的であった。それは詩歌を通した言葉による能動的作用だ。俳句が作者と読者の言語空間が響きあって新たなイメージの空間を作り上げるとしたら、「つぶやき」という行為と「語りかけ」という行為の違いが、俳句でもあるはずだ。どちらが優れているということではない、ともに必要だが、作者と読者のイメージ空間への響き方が異なっているはずだ。そして、現状では「つぶやき」だけの俳句の多いコトに気がつく。

加えて紗希氏は「語りかけ」の主体として「透明な私」の存在（私流にいうとメタ的私の存在だ）を意識する。ただ、メタ的な存在は、えてして語りかけるよりつぶやくことの方が多い。

未来の俳句の触手を有する作り手として、紗希氏が如何にして、（「つぶやく」から「語りかける」を）表出するか、あるいは如何にして「語りかける」ことの有効性を俳句に見いだしていくか、そしてメタな存在としての作者自身をどのように扱うか、それらに注意していきたい。とても興味深い作家である。

○「透明な私」の挨拶

この星を見ている人がぶらんこに　紗希

「透明な私」が大きな存在に同化して語りかけている。

口語文体の本質は語りかけである。切れを重んじる人からすれば冗長で子規流の表現では「たるみ」やすい。そうかもしれない。しかし俳句表現の特質が滑稽・挨拶・即興の三つにあると主張できるように、「語りかけ」も挨拶同様、俳句表現の特質要素と考えられよう。俳句の「語りかけ」は、いわば「宇宙へ存問（挨拶）」と考えても良い。特定のだれかというよりは、我々を観ているる大きなモノに対する挨拶みたいなものだ。「特定の私の情を述べずに『透明な私』が語りかけているからこそ読者の心に響くのではないか」、そのように紗希氏の論考は語っている。同感だと思った。「サキシ三日会わざれば刮目してみよ」なのである。〈涼しさのこの木まだまだ大きくなる　紗希〉

§2　明日へのつぶやき

○宇宙へつぶやく

神野紗希氏の俳句作品は10代の『星の地図』、20代の『光まみれの蜂』、20代後半から30代にかけての『すみれそよぐ』にまとめられている。

初期の作品には〈起立礼着席青葉風過ぎた〉や〈カンバスの余白八月十五日〉〈寂しいと言い

私を蔑にせよ〉などの句が含まれ、機知に富んだ新鮮な感覚の句が多い。だが、私が注目するのは、紗希氏の現代人としての感覚とそれにふさわしい語り口である。ただ、この時期の紗希氏の俳句は、つぶやきに似ており、大きな言葉で、宙のどこからか朗々と響き語りかけてくる、という類のモノではない。

水澄むや宇宙の底にいる私　『光まみれの蜂』（「星の地図」の章）

日本人は自然に対して共生、一種の「同化」感覚が強いといわれる。「同化」感覚そのものは心理学や認知の発達理論の対象領域にもなりうるものであるが、ここではもっと日常の皮膚感覚に近いことを想ってみる。

時折、人は外界と自分との間にある薄い膜のようなモノ、あるいはバリアのようなモノを感じることがないだろうか。一種の皮膚感覚的疎外感といえるかもしれぬ。そのような時に、周囲の環境に自分がとけ込んでしまうことを希求する感情になった経験がないだろうか。大地に埋まって、あるいは水中で周囲と「同化」していきたいという感覚はしばしば感じる、それは死へのイメージにつうじるものでもあるが。人間という生命体がこの地球の中であるいは宇宙の中で存在する単なるエネルギーの揺らぎにしか過ぎないということを認識したことによって、その感覚はあらたな段階に達していると思われる。そういう認識と感覚は現代以降の俳句が表出することを得意としてきたモノである。

前置きが長くなったが、掲句〈水澄むや宇宙の底にいる私〉には澄んだ水の底を眺め、それと同時に自分自身の存在を地球から遙か無限の宇宙の底のひとつのモノでしかないと見つめる作者の思いがある。この思いは他者への「語りかけ」ではない、自分自身に対する「つぶやき」である。無論この句には死の影も無限の宇宙によって喚起される虚の匂いも感じられない。それは作者が若者と知っていることに起因するからではない、唯一無二の「いる私」と宇宙の微塵でしかない自分の存在を同時に意識しているにもかかわらず、虚に傾かないエネルギーの存在を読者が感じるからであろう。

俳句における明日への触手というのは多様である。だが、もはや人間の存在に絶対的な位置付けを与え、それを探求する触手ではありえない。明日への触手は宇宙の微塵として、万物を感じる感覚を有しているべきであろう。人間の情に絶対性をあたえるのではなく、さらりと情に非ずといってのけることのできる感覚の魂が持つ触手である。透明な存在としての自分が自分自身の存在を確認するつぶやきであり、現代人のつぶやきである。

○「同化」してつぶやく

さらに明日への触手の有すべきと感じられる感覚について何点か述べよう。

犬の脚人間の脚クリスマス　『光まみれの蜂』

うっかり読むと、この句は装飾できらびやかなクリスマスの町筋を、犬を連れた人が散歩している光景を想像して終わり、と言うことになりかねない。長い脚の男がこれまたスマートなボルゾイを連れているのは、けっこう絵になるが、とりたてて言うこともない景ともいえる。だがこの句の作者の目線はどこにあると考えるべきか。この句では脚が二度にわたり強調されている。これはアングルとしては犬とほぼ同じ高さの目線ではないか。そう気がついたとき、景の範囲は広がる。半地下のカフェに座り、クリスマスソングを聴きながら道行く人の脚を眺めているとすれば面白い。だが私は作者の目線は犬と同化していると思う。そうすることで今まで持ち得なかった様々なアングルの景だけでなく、景に対する観点すら変わるはずだ。野良犬が道端でうずくまっている人の側で背の高いボルゾイを眺めているのかも知れない。犬が人間とクリスマスの関係をどう考えているか想像するのも面白い。「同化」は明日への触手が担うべき（理念的）感覚でもあるし、技法でもある。犬の目や猫の目になって書く小説には面白い作品が多いではないか。

冬蜘蛛の呼吸その巣へ行き渡る　『光まみれの蜂』

この句では蜘蛛の呼吸を作者は感じている。というより蜘蛛がする呼吸は、蜘蛛の世界に自らを「同化」させなければわかるまい。この句は人間の視点から行う蜘蛛の描写ではないのである。蜘蛛は三夏の季語であるが、時に冬蜘蛛としても詠われる。冬空を見上げた時、蜘蛛の巣を発見することがよくある。多くはジョロウグモだが、寒空にみごとな巣を張っている。よくみると少しぴりりぴりりと震えている。作者はあたかも自分の神経がぴりりぴりりと蜘蛛の巣に共振しているような錯覚すら感じたのだろう。魂の「同化」である。

○「虚のイメージ」は語りかける

明日への触手は、しばしば、虚のイメージを描くこともある。それは単なる想像の世界を描くこととは趣を異にし、時空を超えた眼差しが見ているリアルな景なのである。

白南風や山脈育つ海の底　『光まみれの蜂』

すでに梅雨も去り明るさの増した風を受け大海原を眼前にしての句であろう。だが作者の思いは眼前の景を透過して深く海底に及ぶ。しかも虚の視点は造山運動という時間的にも空間的にもスケールの大きな景をありありと思い浮かべているのである。たぶん作者は同時に地球という生命体、その一部としての人間の命、自らの命にも思いを馳せ、地球とともに歴史を語っているのである。そのようなイメージ、時空を超えての景をリアルに思い描くことができるのは、現代の人間の科学知識にもとづく。明日への触手ゆえである。

草原を跳ね行く兎人間以後　『光まみれの蜂』

この句を読んで恐怖を感じた人もいるのではないか。俳句版『デイ・アフター・トゥモロー』

である。それは「人間以後」というたった四文字が引き出した景なのである。なにがしかの理由で、人間が死滅した後の地球、だが、草原をさわやかな風がわたり、兎がでたところがなんともいえずのどかな感じがする。兎がシルクハットをかぶり懐中時計を見ていたらなどと想像するのは、ちょっと行き過ぎになるかもしれないが。

虚のイメージに依存する句は場合によっては、読者に戸惑いを感じさせることもある。〈三月来るナウマンゾウのように来る〉などは別に意味などない句であるが、ナウマン象のように少しずんぐりむっくりして（マンモスとは異なり、そのような可愛げのある姿を私は想像している）ゆったり歩く姿を想像するのか、大陸からゆうゆうと日本列島へ渡ってくる大きな景なのか、楽しく戸惑ってしまうのである。

桃咲いて骨光りあう土の中　『光まみれの蜂』

桜の下だけではなく、桃の下にも屍体が埋まっているのかもしれぬ。しかも肉塊は土に同化したというか、土に吸収されてしまい、その骨だけが怪しく光を放っているという。まことに超現実的美しさがある。これは虚の句であるとともに「同化」の句である。言語が作り出す虚のイメージは時として絵画や映画のワンカットされたシーンより遙かに受け取り側に豊かなイメージをあたえることがある。

○明日への武器としての口語

コンビニのおでんが好きで星きれい　『光まみれの蜂』

現代の日常性の中に新鮮な俳句の情を見いだしていくことは、必然的に、旧い情緒の再生産では飽きたらなくなることでもある。そのためには表出する文体もその情趣にふさわしいモノが選択されるようになる。そういう場合に口語は強力な可能性を有する選択肢である。

コンビニでおでんを買い求める。現代の日常生活では当たり前になってきた光景である。夜、「少しおなかが空いたね。」「コンビニでおでんでも買ってこようか」。日常どこの家庭でもかわされそうな俗な会話の後に、夜遅くまで開いているコンビニに行く。そこだけ明るい夜更けのコンビニには若者が何人か本の立ち読みをしている。食欲をそそる匂いのおでんをプラスチックの容器に入れてもらい店を出ると明るさに慣れた目にも冬の空の美しさが一時に天から降ってきてみとれてしまう。正面にはオリオンが輝き次第に目が慣れると昴がまさにさざめくようにこちらを見下ろしている。日常の生活の中で自然界の何か大きな力によって与えてもらった一瞬の感激の時、そのような気さえおこる。それをそのまま表出し、文字にとどめ「語りかけ」たのである。リアルな日常の中の感激を表すには口語はふさわしい。

トンネル長いね草餅を半分こ　『光まみれの蜂』

この句も会話体を効果的に用いている。口語であるゆえ最も効果的に表現することができた、会話する二人の関係。恋人同士かもしれないし親しい友人同士かも知れない、あるいは別の親しい間柄かも。だが、二人の間の親しさが重要なのである。そしてそれはこのような口語の会話体の方がよく伝わる。仮に〈トンネル長し草餅分けあいて〉では読者に伝わる体温のようなものが失われる。

明日への触手は今までの情に安定することに満足しない。むしろ今までの情に非ずということを目指し、新鮮な感覚のフロンティアをさぐるのである。

§3 「透明な私」・他者の言葉

○神野紗希氏の口語俳句の考え方

俳句誌「WEP俳句通信」102号に特集〈口語俳句について〉があり、神野紗希氏の論考「透明な私、他者としての口語」が掲載されている。実はこの論考が、今まで以上に紗希氏の作品に注目を払うきっかけとなったことはすでに述べた。ここでは一歩踏み込む。

……口語俳句の「私」は、作者の分身ではない。口語俳句の「私」は、読者に相対する者として、私たちのいる場所を指さしてくる他者なのではないだろうか。……

口語俳句の「私」は作者の分身でない、という主張は俳句における口語が表出法として優れた点を有しているということを鋭くかつ的確に表わしていると思う。口語文体を用いる理由として、単に自分のパーソナリティを表現するのに適しているだけと思う人は当然いるだろう。それはそれでいい。だが、紗希氏は読者の側からの口語体の考察が必要という問題提起をしたうえで、口語文体を使うことによる効果の論理的説明を試みる。論拠として、口語文体によって透明な私を作り出すことができ、そのことで読者の納得感が得られると主張するのである。論拠を裏付け、理解を容易にするために、紗希氏は小説の表現技法スカースの手法について触れる。

○スカース（сказ）について

紗希氏が俳句文体における口語の役割・機能を小説技法としてのスカース（注）を用いて解明しようとした試みは斬新である。紗希氏が提案するように読者の側から口語を考えてみよう、ということは実りが多いと考える。

紗希氏の論旨の展開を少しラフになるが追ってみよう。

〈約束の寒の土筆を煮てください　茅舎〉というよく知られた口語体の俳句を例にとり、この句では「一人の人間の肉声を仮構する口語文体をとることによって」読者をその場に居合わせるようなリアリティを感じさせるというのである。確かに口語体には文語より臨場感やリアリティを与える効果は期待できそうだ。

さらに紗希氏は、口語は人間の肉声の形をとるが、それは（作者という）「個別の人間を離れた、ある一人の無名の人間、いわば「透明な私」の発した」言葉であるゆえ、読者への切実な響きとして届くというのである。

実はここのところは、なかなか納得するのがむずかしいかもしれない。でもそうである。俗な考えでも第三者の口を借りていえば相手は納得するではないか。

蛇足かもしれないが紗希氏の論考に少しコメントを加えれば、口語ゆえに透明な私が出現するのではなく、むしろスカースという技法は意識的に作品の枠内でそのような作者とは異なる語り手（紗希氏のいう「透明な私」）を設定することであり、口語文体をそのように用いる技術なのだ、といった方が、納得感を増すかもしれない。つまり口語であれば「透明な私」が出現するわけでなく、別な視点をほのめかす、それなりの技法もやはり必要なのではないか。口語がその効果を強くするのは、臨場感、リアリティが増すためではなかろうか。

（注）スカース（сказ）について

デイヴィッド・ロッジの『小説の技巧』にスカースは「ティーンエイジスカース」というタイトルで、サリンジャーの『ライ麦畑でつかまえて』の技法として紹介されている。もともと、スカースは口シア語のスカザーチ（сказать）から派生した言葉であり、「語り」と訳されることが多い。「語り」は小説技法として19世紀以来のロシア文学の伝統があり、のちに初期のロシアフォルマリズムで重視された。定義は使う人でニュアンスの違いがあるが、「作品の枠内に作者とは異なる語り手が設定されている小説、およびその文体」が、公約数的な定義とされている。この手法はただの文体・構成上の手法というだけでなく、読者における異化作用、語り手のリアリティとのかかわりで重要な効果をもたらす。

○他者の言葉

紗希氏の論考で「「透明な私」の発した」言葉は、次に「他者の言葉」という名称に変化することが少々論を分かりづらくしている感があるが、本質的には同一のものとして理解してもさしつかえないのだろうか。その前提で考えて、紗希氏の20～30代若手俳人の口語俳句の鑑賞がとても面白くスカースの技法の本質を分かりやすく表現しているので紹介し、少しコメントを加えたい。

〈春はすぐそこだけどパスワードが違う　福田若之〉では、口語により若者らしい主体と疎外感を感じ、「若者は他者の視点を持ちやすい」と紗希氏はコメントしている。若者云々は前述の「ティーンエイジスカース」と同じ観点だ。主体とか疎外とかいう言葉が問題になるには確かに若者ゆえ、という可能性もあるかもしれないが、私はそれより時代々々の風潮の方が影響として大きいように感じる。ある特定の時代が人間の主体性を問い疎外感で人々の心をさいなむのではないか。そして若者はそれを感じやすい。

〈枇杷の花ふつうの未来だといいな　越智友亮〉では、【主体の意識を小さなつぶやきにとどめ、嘆きや悲しみまで及ばせないことで、思考停止に陥る今の私たちの意識のありようを、メタ的に照射しているのである】とコメントしている。「主体の意識をつぶやきにとどめる」から一歩進めて、主体の意識を封じ込めれば非情の句の世界になるように思うが。非情の句も読者の側からの発想である。

〈赤紙をありったけ刷る君に届け　外山一機〉では、社会的言説に対し口語の持つ私的感覚を対比させることで生じる破壊力を紗希氏は指摘した。社会性俳句の効果的技法であろう。

これらの句の「私」への同化をこばみ他者の言葉として捉えることで見えてくるものがあることを紗希氏は断定する。確かに読者への効果は他者のスカースの方が効果として大きい。勇気づけられる発言だ。

○一人称のさりげなさの「同化」への効果

紗希氏は論考の終わりに池田澄子氏の〈じゃんけんで負けて蛍に生まれたの〉に言及している。生死の問題における偶然性という哲理的課題をさりげなく蛍の一人称で表現したとコメントしている。まさにそのとおりで、俳句という表現様式の優位な点は、さりげなくモノに語らせるところにある。「同化」によってあらゆるモノが発する口語のスカースは俳句という表現様式にはなじみが良いのである。

§4　『すみれそよぐ』における「神野紗希氏の言語世界」

○『すみれそよぐ』の明日への触手

『すみれそよぐ』は紗希氏の第3句集で現時点において一番新しい。20代後半から30代半ばにかけて暦年で言うと２０１２年から２０２０年春までの作とあとがきにある。「透明な私、他者としての口語」で紗希氏の論考に注目をして以後初めての句集なのである。個々の句を散発的に観るのと異なり句集にはその人の言語空間が展開される楽しみがある。

まず気がつくことは天体とか光に関する言葉が多くちりばめられていることである。句集には３４４句が掲載されているが、星と光が題材となっている句が、それぞれ17句と16句ある。月に関しても６句あるのでその関心の在りどころが知られよう。切株や鯨を素材とした句も5句４句と目立ち、ある種のメタファーを思わざるを得ない。そして何よりも通奏低音的に感じることは、自然を観る眼が地球誌あるいは宇宙誌的とでも呼べるようなスケールをもっていることである。このまなざしは明日への触手と呼びうるものの主要な要素だ。宇宙の光や音あるいは大きな時間の流れを意識している句を挙げてみよう。

空はいま宇宙の青さ百合ひらく　『すみれそよぐ』

これは「宇宙の」という措辞を除外視したら平凡な空の青さと百合の取り合わせの描写である。宇宙の青さという表現が想像心をかき立てるのである。百合の花だからラピスラズリの青さだろうかなどと考えさせる楽しさが仕掛けられている。

春の星結んでアンモナイト座です　『すみれそよぐ』

口語体である。まるで自分も虚の空間でジョバンニやカンパネルラとあの日の授業に出ているような気がする。そういえばアンモナイトはイギリス海岸で採掘したのかもしれない。作者の口語体が仕掛けた透明な私は読者自身の透明な私でもある。

流星群去って傷だらけの鞄　『すみれそよぐ』

この句の謎は鞄である。傷だらけの鞄に何が入っているのだろうか。傷つきやすかった青春時代の思い出なのだろうか。また流星群とは何なのか、疾風怒濤の時代の象徴なのか。しばらくして私はある句を思いだし、思わずうふふと笑いがこみ上げた。句集の前半にあった〈つめたくて鞄に座る天の川〉を思い出したのである。これは座布団にした鞄だよね。

紗希氏のことは作品以外にはよく知らない。しかしサービス精神の旺盛な、あるいはいたずら好きな人に違いない。久しぶりに、手塚治虫の漫画の中でヒョウタンツギを見つけては喜んでいた自分を思い出した。人は宇宙の中で単なるモノではない。笑ったり遊んだりすることのできる生命のあるモノである。

星空は無音の瀑布鯨飛ぶ　『すみれそよぐ』

星空は無音の瀑布、は現代人なら実感できる。地球の人類は昼夜たがわず宇宙線のシャワーを浴びているのだ。特に夜は流星として可視化できる宇宙塵をあびているので、オーロラの如き音のない光の瀑布を想像するのもよいだろう。面白いのは鯨がその中を飛んでいることだ。実はこの句集の中には他にも〈踏切で鯨と待っている夜空〉〈羊水を鯨がよぎるクリスマス〉〈鯨また潜る星無きうなそこへ〉という具合に鯨が登場するので、金子光晴の鮫や兜太の狼のように何らかのシンボル性が付与されていると考えたくもなる。ここは紗希氏の策略にそれぞれの読者が乗っかって楽しむのが良い。

道が野にひらけて兎いま光　『すみれそよぐ』

実は兎も紗希氏の俳句世界ではよく登場する。この句集では他に〈我が詩ひとつ葬れば野を兎駆く〉〈兎二羽キャベツ一枚共に食む〉の二句がある。前掲した〈草原を跳ね行く兎人間以後〉

を考えあわすと兎はなにかメタファー的存在でもあろう。たんに飼っていただけかも知れないが。

いま?　渋谷の交差点。雪が降ってる　『すみれそよぐ』

口語体でかつ新しい俳句文体に挑戦した句である。このような短詩型文体を常日頃、使用している人なら別だがそれ以外の評者には何らかのコメントを加えて欲しいモノだ。これはケータイを使用した日常会話だ、そしてリアルな点景としてスナップ写真のように現代を切り取っている。句点までが活躍している。

きちきちよ水星に水ないのです　『すみれそよぐ』

変わった文体で「透明な私」へ強い信号を発しているのがこの句である。現代の我々は水星に水がないらしいことも木星に木が生えていないことも知っているのだが、ただそれだけのことだろう。きちきちよと虫に「同化」して呼びかけている内容は「水星に水ないのです」という変な文体の変な内容。それが何も意味していないことに妙なやすらぎを覚える。日常なら「水星に水はありません」と語るであろう。漫画好きが、もっきり屋のチヨジの口調をイメージしたと想像するのは行き過ぎだろうか。

宇宙船にひびく子猫の咀嚼音　『すみれそよぐ』

日常と非日常のあわいにある虚のイメージでリアリティにも富む。私が最も納得している句である。

○私小説的な俳句：『すみれそよぐ』の不思議な評価

『すみれそよぐ』に関しては、すでにいくつもの書評が出されている。だが少数を除き多くの書評は紗希氏の結婚、赤子の誕生、育児を題材とした「ドラマ」に目が向き、その礼賛の陰に氏が最も描きたかった世界のことが隠れてしまっているような気がする。

典型的な例をあげると毎日新聞「詩歌の森へ」（2021年1月14日夕刊）で酒井佐忠氏は結婚、出産、育児などの経験から、他者と生きていくことや愛について深く考える時期の作品集と紹介した上で、〈すみれそよぐ生後0日目の寝息〉〈眠れない子と月へ吹くしゃぼん玉〉〈地球とは大き鳥かご雪が降る〉の三句をあげ、「生命の危機をも乗り越える出産だったというが、さわやかな言葉の中に、生命感あふれる句集となった。」と「さわやかな」を強調する。字数の限られた紙面のことゆえ、意を尽くしておられないのだろう、私の感じたのは「さわやかさ」だけではなかったので、やはり一種の違和感が残る。

WEB上にも評が多い。若林哲哉氏の「詩客」俳句時評（2020年12月11日）では【女性として、結婚・妊娠・出産・育児といったライフイベントを経る中で作られた句が多く収録されている。筆者である僕は、生物学的にも、戸籍上も、また自認の面でも男性である。それゆえ、魅力を感じながらも、簡単な共感を寄せて片付けてはいけないのではないかと思いながら句集を読み進めた。】とあり、〈抱く便器冷たし短夜の悪阻〉〈産み終えて涼しい切株の気持ち〉の句など男性との生理的な差異に興味を示す。そのことは当然であるとしても、若林氏もとりあげた〈水に映れば世界はきれい蛙飛ぶ〉のような紗希氏の基調となる世界観は読者の目にはうすれてしまう。

同じくWEB上だが栗林浩氏は「栗林のブログ」で神野紗希氏の自選句を含めかなりのスペースを割いて書評している。とても慈愛にみちた鑑賞で心を打つ。反面、所詮俳句は日記的範疇で読まれやすい、さらにいえば私小説的なところに俳句を押し込められるという恐怖を感じる。

特に〈愛なくば別れよ短夜の鏡〉〈抱き合える火事の夫婦の愛羨し〉〈寒紅引け離婚届にくちづけよ〉〈たんぽぽの絮吹くツムちゃんだけが好き〉〈Tシャツの干し方愛の終わらせ方〉の五句を引用して【これらの句は、順風満帆なささやかな核家庭にあって、傍からは伺いしれない些細な難事がある（中略）「価値観を異にする他者と生きてゆく難しさに直面しながら」という記述があるので、ふと心配するのである。】とある。この心配は私を含め多くの読者が感じることであろうが、いわば「私小説的興味」の範疇である。そのような興味は「透明な私」という「他者の言葉」を希求する紗希氏にとって本意であろうか。今後の紗希氏の触手が何に反応していくのか、非常に心配するところでもある。

坪内稔典氏のコメントは短いが小気味よい。〈楽観的蜜柑と思索的林檎〉という句を紹介しているが、句集中の私も最も気に入った何句かの一つである。稔典氏は他の果物にも○○的とつけて列挙したうえに、寺田寅彦の〈客観のコーヒー主観の新酒かな〉を「先例のような句」として挙げて指摘している。このような俳句文体への追求は独特の面白さを有しているので、もっと奨励したいが故の指摘と私は解釈している。この稔典氏のコラムは面白い。「季語刻々」という毎日新聞（2020年12月25日）の囲み記事で、いずれまとめて出版されることを期待する。

俳句誌「俳句四季」の2021年6月号の「最近の名句集を探る」では筑紫磐井氏の司会で4人の方が合評をおこなっている。だが、議論が、全体として結婚・出産・育児という人生の一時期の心境という点に関心が強く集まりすぎていて残念と感じられた。句集の鑑賞は一句一句を独立して鑑賞することの重要性は無論のことだが、句集にはその作者の言語世界が構築されている。特に紗希氏の言語世界はその初期から内包されていた芽の成長や新しい萌芽によって急速に進化している。それを考察することも句集の鑑賞の役割の一つだと思っている。

この点では司会の磐井氏が冒頭で『すみれそよぐ』が「彼女特有の口語俳句で詠まれていて、今まで見てきた句集とは大分違った句集」であることや「色々な読み方ができる句集」、またドラマティックな句集と指摘している。そのうえで磐井氏が「この句集も色々な見方をして今までの句と比較してみてもいいのではないか」と紗希氏の俳句世界の流れの中での位置づけに誘導を試みているにもかかわらず、結局、合評会は現時点での一句一句の鑑賞という面が強かった。半面一つ一つの句の鑑賞はそれぞれの評者の持ち味がでていて読み応えがある。なかでも考えさせられたのは「ドラマティック」という評価に対し「ドラマじゃなくて実人生を詠んでいると思う」「だから痛々しさもある」という発言である。俳句私小説論に通じる鑑賞であり、私としてはいささか驚いた。紗希氏がそのような評価をどう受けとめるか気がかりである。俳句という表現様式の幅広さは守るべきであろう。しかし明日への触手は、次々新鮮な興趣と表現様式を探るのが課された機能である。

☆主な参考文献

デイヴィッド・ロッジ『小説の技巧』１９９７年、白水社
神野紗希「透明な私、他者としての口語」（「ＷＥＰ俳句通信」１０２号、２０１８年２月）
貝澤哉・野中進・中村唯史編著『再考ロシア・フォルマリズム――言語・メディア・知覚』２０１２年、せりか書房

河馬で壁を崩す◉坪内稔典

§1　おもいおもろいおもしろい

○本意を閉じこめる壁

俳句・季刊誌「鬣」に坪内稔典特集が組まれ、林桂氏が選んだ「坪内稔典一〇〇句を編む」が掲載されている。林氏の表現では「口誦性」「片言性」のオブラートで包んだ難解な句ということになる。さらに池田澄子氏の句と比較して「本意崩し」の句であるとも言う。林氏の「本意崩し」という言葉がどれほど確立した定義を持つかは分からないが、なかなか言いえて妙な言葉である。「本意」の回りを墨守している壁（しばしば壁は外敵から守るためと称し中の住民の自由を束縛するために用いることがある）、を突き崩しその言葉の有する空間に新しい領域を加える、「本意崩し」とはそういう意味であると私は解釈する。「口誦性」「片言性」「本意崩し」というキーワードは「本意」に象徴される趣を追求することを俳句の本流と考えてきた人々にとっては、いわば支流傍流に属する言葉である。または無視すべき（無視とは異端を撲滅できないときにとる常套手段である）句作の態度である。

三月の甘納豆のうふふふふ　『落花落日』
朝潮がどっと負けます曼珠沙華　『猫の木』
たんぽぽのぽぽのあたりが火事ですよ　『ぽぽのあたり』

これらの句は林氏が口誦性豊かであると評した句である。人口に膾炙している句であり、たしかに一度読むと、思わず口に出して他人にも伝えたくなる句である。

○片言の豊かさ

三月の甘納豆のうふふふふ

は甘納豆をモチーフとして1月から12月までをそれに配合した一種の連作の中の一つである。ここには「三月」という季節と「甘納豆」というお菓子によって喚起される「うふふふふ」しかない、まさに「片言」の句であり、かつ読者によっては無意味な句である。だが片言であることによって句は読者の心の中で様々な共振を誘う多義性を有している。この句はリズミカルで、しかも新鮮さを喜ぶ人の心をくすぐる、つまり口誦性が強い。だが三月の本意は「うふふふふ」とかすかに響き合っているともいえるが、離れすぎともいえる。そういう人にとっては無意味な句である。昔のことであるが、私自身この句に「感銘」を受けて自分の教室等で語ったことが幾度もある。その時の経験だがときおり「甘納豆の上五は何月だったか」と考えることがあった。口誦性があるといっても、三月は季語としての「本意」は薄かったと言える。だが、何度も唱え、イメージとして想像している間に状況は変わる。今では「三月」と聞くとこの句を思い出す。そして「うふふふふ」と奇妙な含み笑いを思わずもらし、甘納豆が食べたくなるのである。三月と聞くと甘納豆を食べたくなる人が今では大勢いるに違いない。稔典氏の話では甘納豆協会（？）から感謝状がきたそうであるから間違いない。この句は三月と甘納豆を結びつけ本意の壁を崩したのである。

○本意は進化したがっている

朝潮がどっと負けます曼珠沙華

は、固有名詞を使っている。それだけで、異を唱える人が昔は多かった。今でも敬遠する人は少なくあるまい。だが俳句の世界は本来鷹揚なのである。芭蕉は早乙女主水之介のことを知らないだろう、だが有明の主水や藪医者の竹斎なら平気で俳諧の中に登場させている。当時は多くの人が竹斎といえば仮名草子の主人公と知っていたのである。固有名詞は時代の産物である。だからといってそれが登場することに違和感を抱く方がいれば、その方は俳の由縁を識るべきだ。ところで朝潮というのは四股名。大ちゃんこと元大関第四代朝潮太郎を思い起こす方もいるだろうが、私なら元横綱第三代朝潮太郎をまずは思い出す。鹿児島県徳之島出身で彫りの深い顔立ち、太い眉毛と生い茂った胸毛の大男であった。なによりも、彼を贔屓にしたくなる理由は、強い朝潮と弱い朝潮がいる、といわれたほど勝負にムラがあったことで、ある種の判官贔屓かも知れぬ。その強いときの朝潮は少年のあこがれ、だから負けるときも「どっと負けます」なのである。その朝潮が東宝映画『日本誕生』に天の岩戸を引き開ける手力男命の役を演じたことがある。その映画には彼の台詞があって、「俺は、頭は悪いが力は強い」というもので、その場面で観客はどっと笑った。少年であった私は何故かきゅんと胸を締め付けられたことを覚えている。

さて、問題は林氏も指摘しているように、何故下五が「桜散る」や「落椿」でなく、「曼珠沙華」であるかという理由である。季語が本意の機能を果たしておらず、このことが「本意崩し」であると氏は指摘する。確かに曼珠沙華によって喚起される趣は別名が彼岸花、死人花、天蓋花、幽霊花、捨子花、狐花、三昧花、したまがり、等々、であるように、負のイメージ・短調系である。だが、それらの短調気分、もっといえば不吉な異界的感覚だけが「曼殊沙華」の本意を形成しているわけではない。彼岸花の別名曼珠沙華は、本来はおめでたい趣なのだ。サンスクリット語では manjusaka というのは天界に咲く花で吉兆として天から降ってくる赤い花である。近代以降に曼珠沙華の本意を拡張したのは北原白秋の詩と作詞者の名前は忘れたが歌謡曲の『長崎物語』

であろう。『長崎物語』という名前を知らずとも〈赤い花なら曼珠沙華／阿蘭陀屋敷に雨が降る／濡れて泣いてるじゃがたらお春〉という歌詞を覚えているだろう。曼珠沙華を異国情緒に結びつけている。だがその先鞭をつけたのは北原白秋であろう。『曼珠沙華（ひがんばな）』は、白秋の詩集『思ひ出』に収録され山田耕筰が作曲している。柳川が舞台で異国情緒たっぷりの『邪宗門』の世界と混然一体の情緒を醸す。〈GONSHAN（ごんしゃん）／GONSHAN／何処へゆく〉で始まる詩で〈赤い御墓の／曼珠沙華（ひがんばな）／曼珠沙華／今日も手折りに／来たわいな〉とゆったり歌われるメロディーはノスタルジーとともに異界へと魂を引きずり込む。鮫島有美子のソプラノで聴くと戦慄が背筋を走る。

これらの曼珠沙華が持つ従来の趣（本意）のどれが、朝潮の敗戦と結びつくかというとそう簡単にはいえまい。林氏のいうように苦みをそのまま飲み込めるように「口誦性」のオブラートで作ったと表現する他はあるまい。むしろ下手な解釈をしたら句の作者に心の中で舌を出されるであろう。まさに意味性を廃した「本意崩し」の句である。

実はこの句を読んで私の頭の中には最後の舞台における山口百恵の歌が流れた。宇崎竜童作曲・阿木燿子作詞の『曼珠沙華』。曼珠沙華はなんと「マンジュシャカ」と発音される。天界のマンジュシャカが頭の中で降り注ぎモモエちゃんの声が流れたのだ。

○多義性の時代

たんぽぽのぽぽのあたりが火事ですよ

この句は、林氏にタンポポに「火事のイメージ」は似合わない、いわばブラック俳句であると評されている。

ブラック俳句は、季語の「原理主義者」にとり、排除すべき対象だが、季語の地平を拡げようとするものにとっては「本意崩し」としての可能性を検討すべきである。従来からある季語の趣を超えた感覚で、時代に即した人間と自然との関係を考えたならば、評価されなかった俳句の領域にでも俳句として存在の根拠は与えうる。多義性の有効性を疑う人はこのごろでは少なくなったと思うが、掛詞や踏み込んで駄洒落の世界になると、今でもなかなか評価は分かれる。

私の高校の同級生達は自称駄洒落名人が多い。作曲家のＩはクラシック鑑賞の番組で話し相手の女優さんをいつも親父ギャグで笑わせていたし、歴史学のＡや人類学のＢもよく出演するＴＶ番組で駄洒落入りの解説をして視聴者を喜ばせている。同級生の多くは中年だが、そういえば稔典氏もかつて言われたモンキー列車の乗客だ。ある集いで稔典氏の〈たんぽぽの〉を面白い句として紹介したことがある。即座にある男が反応してこういった。「二度目の『ぽぽ』は半濁点ではなく濁点ではないの?」ということである。さすがナンセンスで鍛えたセンスがいい、私もそうかもと同感した。ただ、そうであっても表現はあえて半濁音でいいのではと思ってはいる。林氏も【「たんぽぽ」の「ぽぽ」は言葉の音の下部だが、「あたり」で植物の下半身性を付与された】という表現をしているので、その辺りの下半身のことを気づいておられた可能性がある。少しばれ句的な解釈だが、結構新規性があり、かつスマートな「多義性」といえないこともない。機会があり稔典氏に質問してみたことがあったが、予想される如く返答は曖昧だったと記憶する。

とまれ多義性だろうが駄洒落であろうが、俳句は作者が表出し、読者はそれを自分の言語空間の中で共振させて楽しむ文芸。読者が何に俳句の価値を認めるかは基本的には読者の側に依存しているところが大である。

坪内稔典氏の俳句には独特の面白さがあり、従来の趣の領域の壁を遙かに超えた「本意崩し」の面白さがある。

§2 『早寝早起き』で元気に遊ぶ

○「散兵戦」か「ゲリラ戦」か

坪内稔典氏が代表をしていた「船団の会」は季刊誌『船団』一二六号をもって「散在」した。「解散」というと「はい、おしまい。後はご自由に」という感じを受けるが、「散在」といわれると何か目的があるのかな、などと野次馬根性が起きる。「散兵戦」を想像するのは戦時中生まれの性かもしれないが、とにかく「終了・解散」ではない。

少々無駄口をさせていただく。散兵戦は近代が生み出した戦術だと理解している。古代メソポタミアにすでに登場していたファランクス（密集歩兵集団）は強力だが、あれは味方の兵を否応なく戦闘に駆り立てるためにも効果がある。散兵戦のようにばらばらに戦闘をおこなっていたら、傭兵や捕虜兵はさぼったり逃亡したりする可能性があるだろう。傭兵や捕虜兵だけでは散兵戦は成り立たない。近代になり、兵士達の国家に対する忠誠意識が高くなってこそ、散兵戦は可能になる。軍歌〈万朶の桜か襟の色　花は吉野に嵐吹く　大和男子と生まれなば　散兵線の花と散れ〉が国民が戦う近代戦を語っている。さらに散兵戦の考えが変形すればゲリラ戦が登場する。近代から現代にかけてのゲリラ戦は少数に分散した兵士が各人の意志にもとづき高い理想や理念を実現するために神出鬼没に戦う。あの超大国亜米利加を敗北に導いたのも、ベトナム解放戦線のゲリラ戦だったことを思い出す。

さて、ヴォー・グエン・ザップ否稔典将軍の指令「散在」が解散でなく、ましてや散兵戦でもなく、ゲリラ戦であるとすると、その敵や目指す理念はいかなるものであろうか。

坪内稔典著『早寝早起き』という俳句とエッセーの書は2020年7月発行、その「あとがき」にこうある。【この『早寝早起き』の出来るころ、私が長くかかわった俳句グループ「船団の会」の活動が完結、二三〇名近い会員は散在する。散在とは「あちらこちらに散らばってあること」（『広辞苑』）。もちろん、私も散在する一人だが、散在して、さて、どうするだろうか】、ゲリラ戦であるなら、そう簡単に戦略は公表しないのかもしれぬ。【今のところ、どうするか分からない】と言う、そうかもしれないし、そうでないかもしれない、というところである。であれば、最後の船団指令書『早寝早起き』という国民運動推進標語みたいな名前を有する本から隠された指令を読み解く他はあるまい、あたかも『裏死海文書』（アニメ『エヴァンゲリオン』に登場する秘密結社ゼーレが所有し、彼らが行動の指針としている予言の書。１９４７年以後に発掘された実在の「死海文書」とは関係なさそうだ。）の如く。

○言葉遊びの復権

以前私は、俳句は言葉の可能性を極限まで試すことによって存在が可能になる詩歌だ、という内容のことを述べた。俳句のみならず詩歌はみなそうであるが、特に短詩型であり受信側である読者の言語空間との共振を重視する俳句においては強くいえることだ。一方「言葉遊び」と呼ばれる言語を使った遊びの領域がある。内容や感情を伝えることが目的ではなく主として言葉そのものから興味を引き出そうとする遊びであり、この「言葉遊び」も言葉の機能を極限まで使用してということにおいては俳句と同じである。当然俳句で言葉遊びの技法が使用されてくる必然性がある。

口承文学や片言についての泰斗である国文学者鈴木棠三は著書『ことば遊び』の冒頭でこんなことを言っている。【おしゃべりは、人間だけが楽しむことのできる遊びであるが、そのエッセンスともいうべきものが、ことば遊びである。犬儒派にいわせたら、これこそ無益な長物だと吐き捨てるかも知れない。しかしそんな偏狭な説は、人間がしゃべる動物であるという事実を忘れた議論と言うべきである】つづいて【言葉のもつ可能性を極限まで発掘しようとする行為が、言葉遊び】と述べている。

○ことば遊びをせんとて

言葉遊びもいろいろある。坪内稔典氏の俳句には遊び心があることは、すでに定評があるが、実際にどのような遊び方が『早寝早起き』には使用されているだろうか。未来の触手が感じ取って残すべき物のいくつかである。

　腸 捻 転 超 超 捻 転 蝶 捻 転

歌いながら踊り出したくなるような句である。「ねんてん」という名前の人がいたら、昔の悪ガキどもが、こう歌いながらはやし立てたであろう。腸捻転の経験者ですら一緒に踊り出すかもしれない。

この句を一読して私は、谷川俊太郎の「かっぱ」を思い出した。〈かっぱかっぱらった／かっぱらっぱかっぱらった／とってちってた（後略）〉というものだが、これもなんと跳ね上がるようにリズミカルであることよ。

〈腸捻転〉の句も〈かっぱ〉の詩も言葉というものの躍動感を最重要視している。躍動感というのは、言葉の連なりがもつ律動感であるとともに、単語がフレーズとして伝達目的の意味を生じさせる前に言語空間を飛び回っているさまを指すのである。言葉の断片（片言）が持つ魔力を十分に発揮させたと言うべきである。

○俳句の集団のパワー

大江健三郎の故郷愛媛は神話再生の舞台である、この地域には一種のパワーを感じる人もあるらしい。若者の聖地、パワースポット巡礼のようなものだ。

稔典指令書ともいうべき『早寝早起き』は俳句とエッセーが組み合わさった単元が四つと最後の単元「わたしの十句」に分かれている。

実は四つの単元の俳句のテーマ名が心を惹く。〈飯蛸と伊予柑〉〈シロサイと文旦〉〈デコポンとうんこ〉〈カリフラワーと長崎〉の四つである。最初の三つは柑橘類である。これはもしかしたら柑橘類の栽培のさかんな地域によって愛媛を暗示し、そこにまず、俳句革新のパワーが存在していることを示したのだろうかなどと考えるのも愉快である。ワルノリついでに何故、第四単元だけカリフラワーと長崎なのか、実はこれが解けない謎である。ただ分かっていることは坪内稔典氏も大江健三郎と同じ愛媛出身である。ただし稔典氏はモリの生まれではなく佐田岬だそうだ。

もちろん稔典氏の句は一句取り出して面白い。だがそれだけではもったいない。句集全体でも坪内稔典世界を味わうことができるのである。誰々の俳句世界は一句だけでは出現しない。俳句が集合して出現するパワーである。

○伊予柑フェチ

フェチシズム（呪物崇拝）は本来的には物神崇拝であり、アニミズムと同根である。19世紀後半以降に性的精神関連の用語として使用されるようになった。

稔典氏は様々なモノに執着してみせる。甘納豆、河馬、あんパン、柑橘類、うんこ、等々。原義的なフェチシズムでは、アニミズム的思考方向を有する俳人は皆フェチの傾向を持っていることになる。とはいいつつ稔典氏は柑橘類に性的関心をみせる。

射精して伊予柑食べて雪降って

抱いてむく土佐文旦も思い出も

デコポンとセックスしたいなどと春

デコポンは転がる愛はすっと立つ

デコポンとやりたいなんてなんてまあ

これらから妄想して、坪内稔典氏は気が多い御仁だとか、そういえばあの女は額が広かったなどと俗人的かつ属人的興味を感じるのも読者の役得であるが、「俳句はもっともっと禁忌のむこうへ踏み込み、しっかりモノを崇拝しよう」というメッセージを感得するのも御利益である。

さらにこれらのフェチの句は単独でなく複数で読むと言葉遊びがあって、もっと御利益がある。

伊予柑の句が四句並んでいるので引用しよう。

伊予柑を半分食べて仙台へ
仙台と寝たい伊予柑食べてから
射精して伊予柑食べて雪降って
伊予柑が写生している伊予柑を

伊予柑が物神として現れ、此の世で戯れている夢幻劇である。連句・連歌の世界とは異なり俳句の世界では一種のしりとり遊び的にこの四句は連なっている。そのしりとり遊びも射精が写生に転換している面白さを感じるのも御利益である。

連作の可否を論じることは、ほとんど意味がない。一句で十分な効果を発揮する句もあろうし、句が集団として効果を倍加する場合もある。要はモノに固執する力とそこに生まれてくる作品の集団の威力を稔典氏は示したことになり、読者の私は未来へのメッセージとして受けとる。

○多義性という表出
俳句の「片言性」を稔典氏は常々主張する。指令書『早寝早起き』の随所に見られる「片言性」

の主張は多義性を主張していることと同義である。つまり俳句の特質の一つとして多義性を主張するのは重要な戦略である。

多義性は俳句にとって根源的に重要な表現上の武器であるにもかかわらず、時に俳人は曖昧性として排斥する。一番単純な多義性の一つである「かけことば」は和歌と差別化する必要性からかもしれないが、多くの俳人は忌み嫌うのがその典型例だ。文章的ねじれも含み曖昧性をも私は大いに活用すべきだと考えている。曖昧性をレトリックと考えるのは詩歌では常識なのであるが。

坪内稔典氏は「シロサイと文旦」の単元で俳句と川柳の違いを用い、多義性の俳句らしさを主張する。

春風や闘志いだきて丘に立つ　虚子
帰るのはそこ晩秋の大きな木　稔典

を比較して、【俳句も川柳も元は俳諧という一つの流れに発している。俳諧の中で、多義の魅力、面白さを求めたのが俳句、一義を究めようとしたのが川柳だ】と、喝破する。小気味よい。つまり、虚子の句はかなりはっきり思いが表現されているから川柳に近い句ということになる。これまた小気味よい。理屈、思想、情感など頭脳が生み出す抽象をあらわに表現することを排除する句を「非情の句」と私は呼称しているが、この稔典氏の俳句の性質により近いのが、「非情の句」と解釈できる。さらに小気味よい。

○「わたしの十句」　河馬が好き

最後の単元に稔典氏は「わたしの十句」という自句自解を書いている。やはりここからメッセージをくみ取るのが本筋だろうが、この単元はアブストラクトと理解できる。ここでは紙面の都合からカバを句材とした句についてだけ述べたい。

たっぷりもどっぷりもカバ夏のカバ

カ バ の 目 の 漆 黒 が 澄 む 水 が 澄 む

カバは稔典氏が「自己のシンボル」的に使用している。句材としてしばしば登場するだけでなく、自身の名前のスタンプのデザインとしているほどである。カバが好きになった機縁が小学校時代のカバヤ文庫と聞くと、これは私としてもたまらない。カバヤ文庫というのはカバヤキャラメルに入っているカードを四枚（カ、バ、ヤ、文、庫、の五枚だったというガキ友達もいる）集めると景品としてもらえる本である。同じ時期売っていた巨人選手カードが入った紅梅キャラメルとあわせシルバー同窓会の話題として盛り上がる。まさに同時代人という気がする。ついでだが、当時流行った子供の言葉遊びで、口の両端を小指で引っ張ったまま「カバヤぶんこ」といわせるのがあった。実験すると分かる。「デコポンとうんこ」の単元に〈うんこうんこ東京は今桜どき〉他スカトロジー的句が五句並ぶのも、ひょっとしたら、カバヤウンコのせいかなと、考えると面白い。だが、読者である我々はカバヤ文庫だけでは想像を停止しない。カバがなにかのメタファーであることを期待して思考をめぐらすのである。

私のカバ連想を続ける。カバを好きになったのは上野動物園の初代園長古賀忠道が著した（だったと思う）少年向けの本『動物紳士録』を読んだからである。動物園に当時大学生だった従姉妹に連れて行ってもらったのがノスタルジックな思い出だ。もう一つ大江健三郎の『河馬に嚙まれる』にも思いを馳せた。それは連作的短編集で河馬が題名につく四編を含んでいる。通奏テーマは、あの陰鬱な浅間山荘事件だ。著者が帯文に【もっとも悲劇的な惨たらしさがある。しかしユーモアの地下水もにじみ出るほどの人間的な深みで受けとめたい】と述べているように、あまりカバは明るい背光の中で口を開けているわけではない。大江の『河馬に嚙まれる』のモチーフとして、T・S・エリオットが『荒地』を公表する五年前に書いた詩「河馬」がある。鈍重な河馬と教会を対比して河馬の昇天を詠ったいわば祈りの詩だ。結局私の思考はぐるぐる廻りながらも稔典氏の「カバ」に関する結論を得たわけではない。ただ、ぐるぐると言語の空間を経めぐることによって少し気持ちが昇華されたことを感じた。俳句の片言性の功徳だ。うっすらと〈桜散るあなたも河馬になりなさい　稔典〉だけなら分かりやすいのだが、やっぱりな、と自分でも意味の分からないことをつぶやきながら。

○言葉遊びの輪郭と俳句

稔典氏の提唱する「口誦性」や「片言性」及び本稿で光を当てた「言葉遊び」はどちらかというと、現代の俳句で塀の中に閉じこめようとされてきたいわば「魔物たち」である。だが俳句の中に笑いや多義性、ことば遊びの要素を取り入れるのは談林派をひくまでもなく俳諧の本性に類する性質だからである。もともと俳とはもっと豊かなものであったはずだ。俳の性格が本格的に矮小化されはじめたのは俳句の近代化以降であろうと思うが、ここでの論題ではない。

言葉遊びを未来へのメッセージとして稔典氏が主張しているとして、言葉遊びの輪郭を簡単に撫でてみる。

まず言葉遊びの範疇であるが、研究者によっていくらかの相違はある。ひとまずここでは国語学者鈴木棠三の『ことば遊び』の目次を参照する。そこには言葉遊びのジャンルが網羅されている。「尻取りことば」「回文」「早口ことば」「しゃれ」「なぞ」に分類されている。特に「しゃれ」は内容の時代による変化も多かったようである。例えば平安時代には「和歌の掛詞がしゃれに相当する」というから、重要なレトリックである。「利口」もしゃれの同義語であったらしい。良く江戸時代の話に出てくる地口もしゃれである。地口には「もじり」(「舌きり雀」をもじって「着たきり娘」)とか「韻」(「何か用か九日十日」の類)や「掛詞」(「恐れ入谷の鬼子母神」の類)を含ませている研究者もいて、ジャンル分けはなかなか一筋縄で行かないし、逆に内容の豊富さを語っている。

これらの言葉遊びで、さしあたって、俳句に関係がありそうなのは「しゃれ」である。今後広がっていく可能性は未定ながら、韻、掛詞としてはすでに多くの句作の例があるし、さらに秀作が生まれれば、普及度は高くなるのではないか。未来への可能性を感じる。

余談だが、優れた俳句に「秀句」という言葉をわれわれは良く使用するが、歌や連歌から離れて昔は秀句とはしゃれの言葉をさしていたという。

稔典氏の指令書は言葉遊びの世界を閉じこめている壁を崩せというメッセージであるとすると、さしあたって「しゃれ」を技法とする完成度の高い句作を目指して試行錯誤する時代と考える。

§3　稔典氏の生きてきた俳句世界

少し「俳句に及ぼす時代の影響」という個人的感慨を述べたい。冒頭に俳句・季刊誌「鬣」の「坪内稔典一〇〇句を編む」について述べた。実はある時、この特集に関して電話でＷＥＰの大崎編集長から、「鬣」の稔典特集は参考になるよと、さらりと聞いた。私もすでに目を通していたつもりだったので、まさにさらりと聞き流したのである。だが、どこの箇所について氏がそういったのかが、気になって、もう一度そのつもりで目を通した。大崎氏の頭にあった論考かは分からぬが林桂氏の「坪内稔典一〇〇句を編む」の中に気になる箇所があった。それは、戦後派の飯田龍太、森澄雄、金子兜太、鈴木六林男、佐藤鬼房、三橋敏雄などは同時代において論評され、作品史を形成するが、昭和40年代から登場した坪内稔典氏世代の仕事は未整理である、という指摘である。加えて、坪内世代の仕事は坪内世代がやるのだとすると坪内氏も喜寿であるし、「船団」も坪内稔典特集も組まず幕を降ろしたではないか、というくだりはかなり強く心を打った。文はだから「鬣」で特集を組んだのだという事に続くのだが、同時代ということに心が騒いだ、私は坪内稔典氏と同じモンキー列車世代なのである。

このごろ書かれた若い歴史家の戦後史を読んでいて気がつくのであるが、何かおかしいと思うことが多い。特に戦後民主主義の描かれ方、評価のおこない方が変質してきているのである。時代と共に評価も視点も変化するのは当然だし、その論考を書くときの時代の制約を受けるのも当然である。しかし、そのことと同時に個人の中にはその時代ならではのセンスは消えずに残る（そういえば戦前派と団塊世代の間にはさまった戦争末期から戦後すぐ出生した世代は社会でいわゆる割をくったという感覚はあるが、日本史上最も民主的な教育を受けたのかも知れないという自負もある）。そう考えたとき、私は雑誌連載時「明日への触手」として「おもしろい俳句」を作る数人の世代の違う女性の俳人を採りあげて次に坪内稔典氏を採りあげるつもりで準備していたのを急遽、稔典氏に順序を切り替えたのである。

その気にならないと読み落とすことがあることを、改めて認識しながら。

§4　解放の嚆矢・言葉遊び

坪内稔典氏の俳句の視座は明日への触手として重要なものであるというのが結論である。氏の未来への触手として最も重要なのは、本来的に俳句が持っていたはずの性格（稔典氏はその嚆矢として俳句のあそび心を挙げるに違いない）がその時代の俳句精神（私は遅れた近代主義と位置づけているが）によって壁の中に閉じこめられてしまったので、それを崩そうという戦略目標である。

稔典氏は船団を「散在」した。願わくば、それが単なる若い才能の散財におわらずに、散在する若い諸氏が散兵戦否ゲリラ戦を果敢におこなうことを期待したい。そして俳句の実作で壁を崩し閉じこめられた俳句を広い言語空間へと解放してほしい。

☆主な参考文献

林　桂「坪内稔典一〇〇句を編む」（「鬣」80号、2021年8月）
坪内稔典『俳句―口誦と片言』平成2年、五柳書院

北原白秋『白秋全集』第一巻（詩集1）1984年・第二巻（詩集2）1985年、岩波書店
坪内稔典『早寝早起き』2020年、創風社出版
文部科学省パンフ『早ね早おき朝ごはん』令和2年（＊平成18年4月から「早寝早起き朝ごはん全国協議会」が発足し、文部科学省は国民運動を推進している。）
鈴木棠三『ことば遊び』1975年、中公新書
谷川俊太郎・詩　瀬川康男・絵『ことばあそびうた』1973年、福音館書店
大江健三郎『同時代ゲーム』1979年、新潮社
坪内稔典『俳句のユーモア』2010年、岩波現代文庫

頭蓋の中の闇◉山口優夢

§1　あわいの世界と言葉の霊

○俳句は言葉に自由の翼を与える

俳句の世界では作者が伝達したい「情」（感情だけでなく人間の思想を含める）をめぐる態度が二つに分かれる。あくまで作者が正確に自分の「情」を相手に伝えることを目的とする態度とモノコトを指し示し、読み手が想起するであろう「情」に任せるという態度である。任せるといっても、どちらの態度も作者は「情」を伝達したいから俳句を作るのであって、ことさら分ける必要などないではないか、というとそうでもない。相違は「ただごと」「無意味」「非情」「難解」などと呼ばれるような表現内容を有する句に対する接し方に現れる。前者は、趣が伝わらないのは句が拙いからと思いやすく、それが原因だろうか、句の表現方法や趣意に保守的となる。後者は後者で句の趣意がひとりよがりになる懸念はあるが、おおむね趣意の変革に積極的になる。

このことは、俳句において作者が「情」を正確に伝えることの重要性を否定しているわけではない。もともと言葉の本来の目的は正確に「情」を相手に伝えることである。しかし言葉を記号化した文字には受け取り側の言語空間で自由に響きあうという機能がある。俳句はその機能を前向きに利用している独特な文芸である。近代の俳句は西洋近代主義の影響だろうか、そのことをどこかに忘れてきたかのようである。だから意味の伝達に力を入れる余り、言葉に種々の軛を与えている。今後新しい俳句の興趣を広げていくためには、言葉にもう一度自由の翼を与える必要があるのではないか。そのような趣意の俳句とそれを生み出した触手について示していこうとするのが本書の趣旨である。

○未来をまさぐっている触手

絵画においては、カラヴァッジョ風とかモジリアニ風あるいはアンリ・ルソー風という具合にしばしば表現する。作品を一見してその画家らしさを感じることができ、比較的容易に作者を判断（真贋は別として）することができるからだ。少ない言語だけで構成される俳句の世界においては、そうはいかない。誰々風の俳句というのは絵画ほど明確ではない。その作家の個性が全作品に表れるということはなく、いくつかの代表的な句がその作家らしさを表出するという程度である。ましてや未来を指向している俳句作家の作品であろうとも、それが多行表記や分かち書きで表記するとか、特殊な文字で表現する等々の、特別な文体や表現方法でも用いない限り、作品全体で新しい趣の俳句を表出していると判断するのは困難だ。しかし、表現された内容において新しい未来を感じさせる作品は部分的に存在している可能性はある。また作者が新しい句の趣に感じる触手を有している場合でもその作者は無自覚かもしれない。表出された俳句からその触手を有することを見つけ出すのは読者の役割であるといえる。とくに表現内容が多様化している現代には、「この作家は未来を指向している」と規定するのはむしろ危険である。作品ごとに、その作者の未来をまさぐる触手が作り出している作品をひとつずつ指摘していくことが必要である。そういう作業が、また作者自体の未来を指向する触手を増やし活発化するにちがいない。

§2　あわいの世界の触手

○あわいの世界へ

合理主義的な近代が行き詰まったときに目指すのが二項対立的な世界の間を自由に往来するメタモダニズム的「あわいの世界」（注1）からの発想だと考えられる。俳句においても近代社会になって主観・客観／虚・実等々の二項対立的概念の中でどちらかの極に自身の作を縛り付けて自由に言葉が飛翔するのを束縛してきた。未来においては、もっと言葉に自由を与え、様々に輝やく言語の空間に解き放つ必要がある。

意識的か無意識的かは問わず、現代でも幾人もの俳人はそれを目指している。多くの場合、それらの試みの結果が成功しても「新鮮な試み」という評価に終わり、時代的位置づけを与えられぬまま類似の多くの句の中に埋没してしまう。現代では愛唱され続ける名句が生まれにくい理由である。「あわいの世界」への触手から生まれた作品を明確に評価していくことが肝要である。

（注1）あわいの世界：合理と非合理あるいは霊的世界、人間の心とモノの世界、虚と実の世界、情と非情の世界、等々対立する世界や異次元の世界との間を自由に往来するためのメタ世界を意味する。二元論的世界観を超克するためには有効な思考方法だと思われる。

○ポストの中に居る人

投函のたびにポストへ光入る　山口優夢『残像』

この句の作者は明らかにポストの中に存在している。何度も投函して、そのたびに光が入ったという解釈などを与えたらこの句の趣意は雲散霧消する。実際には入ることのできないポストの中の空間、そこに作者の意識は潜りこんだ。時々誰かが来て郵便物を投げ込んでいく。そのたびに光が瞬間的に差し込む。そんな想像が面白い。何のため？　俳句では作者は答える必要はない。読者が自分で考えればいい。人間の自由な魂は小さな閉じた空間に「同化」することができるのだ。

この句は池田澄子氏の〈元日の開くと灯る冷蔵庫〉を思い出させた。澄子氏の句の場合、独特なエスプリに富んだ表現でメタモダニズム的感覚を与えてくれる。自註であったか、冷蔵庫がしまっているときは消灯していることを誰かの実験で確認したことが書かれてあり、笑ってしまった。澄子氏の句趣は明るい、それゆえ未来的だ。

優夢氏の句はその明るさがない。それでもなお未来的なのは「同化」の感触があるからだ。狭い空間に閉ざされることから思ったことがある、折口信夫の『死者の書』である。【した　した　した。耳に伝うように来るのは、水の垂れる音か。ただ凍りつくような暗闇の中で、おのずと睫と睫とが離れて来る】。作品中の「彼の人」が目覚めたのは暗い空間である。山口優夢氏の夢が覚めたのはポストの中で良かった。しかし、その言葉はあまり彼の慰めにはなるまい。閉塞的空間を希求する魂は自分でも、もてあますのではないか。同化を希求するのは「あわいの世界」と行き来する魂である。

○言葉の霊が存在する「あわいの世界」

台風や薬缶に頭蓋ほどの闇　　『残像』

五十年以上も前のことだが、よくゲシュタルト崩壊（注2）を経験したことがある。自分の手の形をじっと見ていると急に違和感が生じてきたのである。自分の肉体だけでない、薬缶をじっとみていたら、不意にその形が奇妙に感じられ、薬缶の口だけが分離して妙な物体のように思われたものだ。なかなか人に話しても分かってもらえなかったが、ある人がそれはゲシュタルト崩壊の一種なのだと教えてくれた。

作者は颱風で閉ざされた部屋でありかつ照明もなんだか不安定さを感じさせる空間にいるのではないか。その状況で優夢氏は何故か薬缶をじっと覗き見ているうちに、意識が薬缶の中の空間へ、そして自分の頭蓋骨の中の空間へワープしたように感じたのではないか。そのきっかけはゲシュタルト崩壊だったのかもしれぬ。

ゲシュタルト崩壊はよく文字をじっと眺めている時に生じることが知られている。中島敦に『文字禍』という短編がある。古代アッシリアの大学者ナブ・アヘ・エリバが「文字の霊」について研究しようと粘土板の文字を凝視していたらその文字が解体してばらばらになり意味をなさないように見えた、というのである。これは文字のゲシュタルト崩壊に違いないのだが、ナブ・アヘ・エリバは逆に今までそれが文字として一定の音と意味を持ち得ていたのは「文字の霊」が存在しているためだと考えるのである。もしかしたら優夢氏はこの句を作っているとき、文字の霊や言葉の霊の世界を彷徨っていたのかも知れない。それこそ「あわいの世界」である。

（注2）「ゲシュタルト崩壊」は心理学的現象であるが、一口にいうと「全体性が失われ、各部分に分かれた状態で脳が認識してしまう現象」のこと。

○意味の超越

真っ白な塔あり長き晩年あり　「空を見る、雪が降る」（『新撰21』所収）

この句はわかりにくい。作者自身の中に納得するモノコトがあっても、それは全く意味としては伝わらない。只々「真つ白な塔あり」というイメージが強烈に読者の脳裏に形成され、「長き晩年あり」と感慨的な言葉によって情として広がる。いわば和歌的な俳句の組み立てである。ただ上下の二句とも「あり」といさぎよく言い切っていることで、読者のイメージは共鳴音を発する。突然脳裏に飛び込む真っ白な塔だけのイメージはなんらかの合理的意味合いを読者に与えるには強烈すぎる。あるいは優夢氏のイメージは真っ白な象牙の塔だったかもしれない、長い時間の先、定年後の晩年を作者は遠く思いやっていたかも知れない、であるとすれば、作者の若さに恐怖を覚える。しかし読者にとっては鮮烈なイメージだけが意味を超えて迫る。

強いていえば、幾人かの読者はベックリンの『死の島』をイメージしたのではないか。あの絵に描かれている船の中に不釣り合いに高く立っている真っ白な人物像は、なにやら不吉な光を絵画の外にまで放射している。『死の島』は当時のドイツでは多くの家庭で複製が飾られていたというから驚く。時代の雰囲気のせいか。ヒトラーの執務室にも掲げられていたという。

この句を優夢氏はアンソロジー『新撰21』の第一句目においている。第56回角川俳句賞「投函」

の第一句は〈桃咲くやこの世のものとして電車〉であったから、もし第一句目がその時の作者の俳句に対する意図や思い入れが最も詰まっているならば、〈真つ白な塔あり長き晩年あり〉の方がイメージ喚起力はずっと強い。さらに〈真つ白な〉には季語がないということで、有季という俳句のあり方に挑戦しているとも理解されるが、「あわいの世界」では晩年を天地運行や生命循環の晩秋の候と感じることもありうる。

いずれにしても伝達の任務から言葉を解き放つことで意味を超えたところに成り立つ句である。

○「ただごと」という「あわいの世界」

ただごとは有用な意味の伝達が言葉の任務であるとすれば、ノンセンス（無意味）な存在である。しかし受け取る側の条件次第ではノンセンスはユーモアやペーソス等々、種々の興趣を生じることができる。いわば「あわいの世界」的存在である。

夜着いて朝発つ宿の金魚かな　「空を見る、雪が降る」（『新撰21』所収）

宿は夜に到着し、朝に出立する、いわばごく当たり前のことを当たり前のように述べただけだ。そしてその宿の人の出入りを見ているのが金魚鉢の金魚であるということで、読者は金魚に同化したり、金魚に同化している作者のもう一つ外側の世界に入りこんだりしながら、ユーモアや、ペーソスすら感じてしまう。
それが「ただごと」の「あわいの世界」である。

花ふぶき椅子をかかへて立ち尽くす　『残像』

日常だれでも経験することのできる景であり、あわいというより現実の世界の景というべきかもしれない。しかしすさまじいまでの花ふぶきの只中を経験したことのある人は瞬間に目をつぶり夢幻の世界へと引き込まれる、椅子という現実の世界のモノを抱えたまま。ひょっとして優夢氏にとっては椅子とは現実世界の何らかの暗喩かもしれない、そんな解釈はよけいなことだと感じながら。

○独特な五感もあわいの世界に通じる穴

あぢさゐはすべて残像ではないか　『残像』

紫陽花よりもまたアジサイよりも「あぢさゐ」は残像的イメージとなる。昔の「おもひで」である。だから句意はノンセンスではなくメッセージを読者に送ってくれる。とはいえ、このメッセージの内容に合理性はほとんどないので意味においてはノンセンスだ。アジサイの色彩の美しさに驚いたときの情感を強調する表現方法だといえばそれまでだが、「残像」という言葉の持つ言語空間は広い。実と虚の世界のあわいに存在するのが残像だから。われわれが目前に認識しているモノはすべて残像に過ぎないというメッセージと考えれば、この表出にはそれなりの合理性は付与される。しかし、そのような解釈に押し込めることは言語の輝きを喪失させる。読者は「あわいの世界」を出入りしながら句を楽しむのである。しかしそのような鑑賞を呼び起こしたのは、実際にアジサイを見たときに感じる強烈な色彩の透明感がもたらすリアルで独特な残像感覚である。それを俳句として表出した優夢氏の鋭い独特な感覚である。

○破調もあわいの空間につながる穴

未来おそろしおでんの玉子つかみがたし　『残像』

七七六の破調の句である。破調がすべて「あわいの空間」に通じているわけではないが、破調という言葉は何かしら今までの束縛を脱し、言葉を解放するかのような気配を与える。気配はそれなりにだいじである。上の句にある「未来おそろし」などという抽象的な情念を表すことばは大概の場合、読者の情趣を束縛してしまうことがある。でも実際にはそうならない。それで気になるのだろうか。

この句は全体としてメッセージに合理性はない。しかし下の句の俳味というよりユーモラスなところがよい。もう一点この句で注目したところがある、「おそろし」である。この「おそろし」

は掛詞的というより、やじろべえ的存在、「未来おそろし」として上の句に連なり、下の句の玉子をつかみがたいことがおそろしいという意味にも通じる、ということである。この種の通いがある二句の取り合わせは、近代の俳句伝統では忌避されてきたきらいがある。この句はそういう伝統にも穴をあけている。

山口優夢氏は高校時代第6回俳句甲子園で団体優勝し、21世紀の初頭から活躍した新進の俳人である。大学では理学部地球惑星環境学科で学んだという。当然最新の宇宙観や物質・生命観が彼の脳内言語空間に構築されているはずだ。それが、俳句世界の未来をさぐる触手としてどのような形をもって現出するかが、おおいに楽しみである。文芸的活動に起伏はあろうが、再度の活発な創作活動が開始されることを期待している。

☆主な参考文献

宇多喜代子『戦後生まれの俳人たち』２０１２年、毎日新聞社
筑紫磐井・対馬康子・高山れおな編『新撰21』２００９年、邑書林

非情の世界のユーモア ◉ 好井由江

§1 「非情」と「ユーモア」

○多様性の中から流れを作る時代

未来の言語空間の地平は無限に開いたモノでなければいけないし新たに拓かれたものでなければならない。伝統の墨守だけでは俳句本来の精神に悖る。

多くの俳人の触手は現在でもその新しい地平の方向をまさぐっている。未来を探る触手は俳句が進むべき方向に偶然触れることもあるが多くは気づかなかったり忘れ去られたりする。現代の作者の触手は価値の多様化という時代の雰囲気もあり方向性がみえにくい。そのせいでいまだに俳句の進むべき方向は大きな流れを形成するには至っていないというより、そのような努力もみえにくくなってきている。

こういう状況では、むしろ読者の側で作者の触手の探り当てた興趣に対して、作品ごとにこれは未来の方向を向いているとの評価付けを行なっていく必要性があると考える。作品ごとの評価の積み重ねがその俳人の世界を次第に方向付けるし、また時代の往くべき方向を浮かび上がらせてくる。

○「あわいの世界」の新鮮な感性　触覚・聴覚・視覚

小宅容義は生前に俳句の意味性を極力排することの重要性を主張していた。好井由江氏はその弟子であり、第8回現代俳句協会年度作品賞を「紙風船」で受賞している。由江氏は未来への触手を有する俳人の一人である。その触手は小宅から受け継いだ「意味を排する」ことによって生まれる俳句世界、いわば「非情の俳句」の世界とそれが醸し出すユーモアの世界に遊んでいる。何よりもその触手のセンサーは感度が良く読者をはっとさせたり、唸らせたりすることがあり楽しめる。

払う手にこつんと固き冬の蠅　　由江「紙風船」

冬の蠅は大きく天井や壁にくっついて眠りを貪っているように見える。だが、ひとたび日当たりになったりすると俄然、元気を出して、うるさく飛び回る。それゆえ、こちらも思わず手を出してしまうという景である。この句の面白いところは表出のポイントを触覚に集中していることである。たぶん作者は余り意識せずに、うるさいと瞬間的に手で払ってしまったのであろう。そしてなんと、手に「こつん」という感触で当たってしまったのである。作者はしてやったりと思ったか、汚いと眉をしかめたかは述べられていない。しかし読者にまでそのこつんという触感が伝わってくるではないか。そして、その時の顔を考えるとユーモラスでさえある。

さかさまに出たるバケツの氷かな　　由江　『風の斑』

バケツに残っていた水が凍ってしまった。逆さまにして放り出すと、意外にここが自分の居所だと主張するように逆さバケツ型の氷はどっしりと落ち着いている。この逆さまな氷というのが想像だけでリアルに感じられるところが面白い。とはいうもののモノの在りようを述べるだけでユーモアを作り出すのは結構難しい。そういう景を楽に感じ取ってくるのは由江氏の格別な感度の触手であろう。「あわいの世界」（注：前章167頁）からはモノの形状はいつも新鮮だ。

紙風船つくたびの音のいびつかな

小宅容義は由江氏の第3句集『風の斑』の帯で【この作家の持ち味は突出した感性でモノを貪ろうとする好奇心の鋭さだ】と述べている。感性といっても由江氏の場合、五感をフルに活躍させる。この句の場合、紙風船がいびつになったら音もいびつになったという感性が光る。

§2　無意味のユーモアを探る触手

○星が飛ぶと飴を噛む

星飛んでまた飛んで飴嚙んでおり　『風の斑』

星飛んでまた飛んで、重ねて表現して星が次々流れる景を思う。たぶん願い事でもするのかというとそこは飴を嚙んでいるという平俗なコトを示す。そのアンバランスが笑いを呼ぶ。

由江氏の触手が平常の景をユーモアのある景に作り変えているわけではない。平常の中に潜むユーモアを感じやすいだけなのかもしれない。

○俳句のユーモア
俳句におけるユーモアとは、客観的に存在するモノコトを表現することだけで生まれ、読む人に和やかさを与えるおかしみの感情をいう。英語にはほかにエスプリ、ウイットなどの諸概念があり、ユーモアとの境界があるだろうが、ここでは問題にしない。あえて俳句の諧謔や滑稽と表現しなかったのは、日本語のユーモアはいずれの言葉とも異なる他人への優しさをたたえた言葉だからである。

よくいわれることだが、ユーモアのセンスというのは、「聞き手と自分を対等に扱う」、という心の姿勢であり、読者が作者の表出した作品をどのように感じるかを相手の身になって想像する。発信者と読者の双方の言語空間に大きく依存しているという意味では俳句のセンスと同等である。

俳句の特性として滑稽を指摘する人は多い。しかし、一部の人を除いて、滑稽を前面に押し立てて句を作る人は少ない。滑稽というと、川柳に近づくのを怖れるためであろうか。川柳との違いは坪内稔典氏が『俳句のユーモア』に述べた説明に同感する。彼の主張では、一意的に作者が読者に与えようとしている「理」の句が川柳ということになる。特に自然の情趣を重んじる俳句の世界ではユーモアの世界にはまだまだ未開拓のところがある。その意味ではユーモアの触手は未来への触手である。ともあれ、引き続いて、ユーモアの触手を持つ好井由江氏の俳句をみていこう。

くすぐったい奴豆腐のかつお節

この句はかなり川柳との「あわいの世界」に飛びだしているのかも知れない。経験のある人も多かろうが、花削りと呼ばれているかつお節は紙よりも薄く、0・05㎜だそうだ。花削りのかつお節をのせた豆腐を口のそばに持ってくると揺れ動き鼻に当たってくすぐったい思いをする。その経験がなくてもかつお節のゆらゆら動く様子はくすぐったさを感じる。そのことを思い出した読者は思わず和む、そこが良い。それ以上でも以下でもないユーモアであるところがよい。

縞馬の縞うららかにもつれいる

群れになって暮らす動物は多い。【シマウマの縞模様は身体の部位ごとに向きが異なり、群れをなすと各個体の縞模様が混ざって視覚的に同化してしまう】、と動物図鑑などに説明されている。なるほど動物園などで見ると「うららかにもつれ」てみえるのであろう。なんといっても「うららかに」という季語をこのような状況で使うのは面白い。アフリカのサバンナで見るより、動物園は「うららか」に違いない。「うららかにもつれ」を、あれこれ想像して読者は和む。

蛇足ではあるが、縞馬の縞は捕食動物から視覚的に身を守るというより、吸血性のあるツェツェバエの難を避けるための効果があるらしい。ツェツェバエは均一の色の箇所を好み、縞になったようなところには行かないという研究結果を読んだことがある。

由江氏は動物園が好きなようで、他にシマウマの句で〈縞馬に少し風あり少し春〉があるが、表現技法への工夫やこだわりは師匠の小宅氏譲りなのかもしれない。

秋風に脚の混み合うフラミンゴ

動物の群れの持つ動きを抽象化して表出するという点に由江氏の視点の一つの面白さがある。この句もそうだ。フラミンゴはアフリカ、南ヨーロッパ等に生息し、その群生の姿と色彩で人を魅了する。この句を作ったのも動物園だろうか、強い風が吹いてきたのであの長く細いたくさんの脚が群れごと移動し「混み合う」のである。

百合鷗一羽が騒ぎ大騒ぎ

この句も同様の趣意であるが、比較的初期の作品（『青丹』）のせいか、同じ群れとしての生物の趣を詠っているのだが、情を直截に出している。

○音韻・音律の楽しさ

ユーモアの範疇に言葉遊び、特に言語の意味で遊ぶだけでなく音韻や音律の楽しさを加えても良いであろう。俳句では、いわゆる詩の文体としての韻律が規定されていない短詩型の文体では強く意識しても良いことで、未来の俳句はもっとそれを多用すべきだと思う。由江氏はそれを随時こころみる。

ひきがえる何するでなく行くでなく

「ひきがえる」という存在自体、ヒキガエルには怒られるかも知れないが、俳味のある存在である。加えて、この句の面白さは中七下五の「何するでなく行くでなく」という少しアンニュイな言い回しにあるのだが、口の中で何回か転がすと、けっこうリズミカルでもある。なによりも面白いのは音を転がしているうちに気がついたのは、「カエルでもなくユクでもない」という言葉遊びの感覚を味わえたことである。これは作者による、読者への「おもてなし」でもあり「あわいの世界」の精神でもある。

枯　芦　の　雀　が　足　を　踏　み　外　す

この句も雀が足を踏み外したというういわば剽げた景である。枯芦の中ではその姿が丸見えだ。この句を口の中で転がすと「アシ」が同音異義語として使われているのに気がつき、くすりとする。掛詞の類の言葉遊びは雅趣を傷つけるという方にはそうかもしれない。だがレトリックとして面白さを感じるコトの方がより、読者は楽しめるはずである。

芹なずなすずなすずしろ天気よし

春の七草の唄である。それを下敷きにしたのは音律の良さ、気持ちの良さを読者とともに味わおうとしたからである。幾度口の中に転がしても飽きずに楽しさがじんわりとわき出す。七草を摘みに出かけたくなる。

言葉遊びの面白さは現代詩の領域では珍しくもないレトリックで、草野心平やダダの詩人達の仕事があるし、谷川俊太郎の「言葉あそび」は傑作だ。どうしても類型感をのがれられない。そういう事情もあるし俳句のレトリックとしては確立しているとは未だ言えない。俳句独自の言葉遊びはこれからの領域である。

若竹につつーと雨滴つつつつーと

これも音韻で楽しませる。加えて新鮮、さわやかでリアルな景を想像させてくれる句である。この種のオノマトペは安直だとして好まない人も多いが、私はそうは思わない。

江戸時代の芭蕉の門人広瀬惟然は〈水鳥やむかふの岸へつういつい〉や〈きりぎりすさあとらまへたはあとんた〉の句で知られる。この惟然に対する同門の相弟子達の評価は、はなはだよくない。たぶん彼の独特の人間性が原因だったのかも知れないが、作品があまりにも口語的なことやオノマトペの使用が安易で俳句の品格を低下させる、とでも思ったらしい。もしそうだとしたら、彼の作品を排斥した門人たちは狭量にすぎるのではないか、師の芭蕉の説く俳の心の一面しか理解していない。

○ゆっくりと立ち上がる句

一時に多数の選句をしているとき、時折感じるのだが、目にしたとたんに何か印象に残り、採りたくなるようないわゆる訴求力がある句が存在している。「句が立ち上がってくる」と表現する人もいるが、その類の句だ。ところがその反対に読み落としており、後からよく味わうと新鮮でなるほどと感心するような句がある。読者の言語空間に共鳴しにくかったのが、何かの弾みで突然チューニングされるようなものだろうか。そういう経験を由江氏のいくつかの句から受けた。

八月のドラマ足音からはじまる

足音だけのドラマのオープニングが在ったっけ？　なかなか思いつかない。フェデリコ・フェリーニの『甘い生活』ではキリストが空を飛んでいたし、『アラビアのロレンス』ではピーター・オトゥールがオートバイを疾走させるシーンで驚いた。黒沢の映画で野良犬が人間の腕を咥えてとことこ歩いているシーンが在ったような気がするが、あれは何という題名だっけ。

この句は、もしかしたら、作者の一日の始まりをドラマ風にみたてたものかもしれない。ことほどさように記憶に残るということは、はじまりが大事なのである。由江氏の触手は予覚能力があるらしい、何か重要になりそうな一日が足音で始まったと感じるのである。私はこの句を一読したときに、自分の経験の中の景を探してみて、それを思い当たらないのでスルーしたのではないかと、後で思い至った。考えてみれば自分の言語空間の中に近いイメージが存在していればそれだけ新鮮味が薄いということでもあるはずだ。作者と読者の言語空間の共振の仕方の難しいところである。

赤まんまなりに雨粒とどめたり

これも最初スルーした句である。「なりに」という言葉自体は俳句での使用頻度が少ないであろうし、理がかっていて、使用しにくい言葉ではある。それゆえ読者としては一瞬のあれと云う気持ちはあったが、それきりであった。この句はイメージをリアルに結ぶことによって成り立つ。赤まんまそのものが有する新鮮な美の表出をねらっているのである。

従来からよく知られている赤まんまの句には取り合わせの俳句文体が多い。〈われ黙り人話しかく赤のまま　星野立子〉は読者の意表をつき、イメージの世界のふくらみをもって読者に歓びを与える。〈赤まんま空地に捨て、ある枕　秋元不死男〉はレトリックとしてのシュールレアリスムの面白さだし、〈赤まんま墓累々と焼けのこり　三橋鷹女〉は下の句の凄みを増す役割を与えられている。他にも〈わが心やさしくなりぬ赤のまま　山口青邨〉など取り合わせの句として、それぞれが成功していると言える。

それに対して〈日ねもすの埃のままの赤のまま　高浜虚子〉はよく赤のままそのものの在りようをリアルに表出し読者に趣を与えている。〈犬蓼や馬のしづかな咀嚼音　角川春樹〉も読みようでは犬蓼（アカノママ）が咀嚼されているようなリアルな景を結ぶことができ面白い。ただ馬が犬蓼を食べるかは寡聞にして知らないが、蓼食う馬もそれぞれかもしれぬ。無駄口はともかく、アカノママを句材とする場合、アカノママの特質そのものの在りように迫ってリアルなイメージを表出する句は少なく、由江氏の句はそういう類の句である。

犬蓼の花は、赤くつぶつぶが赤飯に似ているので「アカノママ」と呼ばれているようだ。名前の面白さから句材としてよく用いられるが、そのものを観ることで、ましてやそこについた雨粒の景をリアルに表出した句はあるまい。そしてクローズアップの景にとどまっていないのは「赤まんまなりに」という表現である。「なりに」は読者によってイメージがふくらむ表現である。

○由江氏のいろいろな触手

由江氏の未来を探る触手は多様である。いわゆるただごとに近い平明な句にも微妙な感覚が表出されているコトが多い。

草紅葉脚に親指小指かな

下駄か草履でも履いて野に立ったのであろうか。この句もただごとの句として見過ごされる可能性がある。しかし親指と小指を何故意識したのかを考えるとまた情趣は変わってくる。ゲシュタルト崩壊という現象がある。じっとものを見つめる、つまり持続的注視を行なったときに、モノや形の存在に対して奇妙な感覚、全体性が失われて、この指ってなんだっけ、という感覚に襲われることがある。この句の場合足下の草紅葉をじっと見つめていたときに生じた、足の指の形や存在が急に奇妙なモノに思えたのではないか。私自身自分の手の親指や、薬缶の口を観ていたときに、急に奇妙な感覚にとらわれたことがある。由江氏がそのような感覚にとらわれたことを機に生まれたかどうかは分からない。しかし現象の経験者はそのように感じることがあるということだ。

とくに新鮮な手法等を使用しているわけではないが、次のような句も平明、日常の心理の機微をついていて、やはり、季語の本意的な趣だけに束縛される世界からあわいの世界を探っているように思う。「あわいの世界」は自由なのである。

破魔矢持つバスの一番前の席

風鈴を突っついてゆくセールスマン

☆主な参考文献
坪内稔典『俳句のユーモア』2010年、岩波現代文庫
谷川俊太郎『ことばあそびうた』1973年、福音館書店

異界の巡礼◉生駒大祐

§1　異界とのあわいで

○あわいと異界

「あわいの世界」という、はなはだあやふやな世界を仮構しながら、この論考は進行している。すでに述べてきたように本来「あわいの世界」というのは、二項対立的に存在する観念に対して、それを超越するために生み出された概念であるが、少しでもイメージに物象性を与えるために種々の側面から論じている。本論考では民俗学者がいう異界との境界線にあたるのが「あわいの世界」といっても良い。もっと広義に考えるならば、文化人類学者のいう「周縁」のさらに向こうに存在するトワイライトゾーンかもしれない。

○天狗攫い：身近だった異界

「あわいの世界」は異界へとつながる。

昔はよく子供が攫われた。私の幼年時代にも、ときおり親が子供を叱り脅かすときにサーカスや薬売りが引き合いに出されていたことを覚えている。山男が薬屋に丸薬にされてしまう宮沢賢治の「山男の四月」なども怖かった思い出がある。近代に入り、非合理的な世界として、学校教育などを通じて、公的には排斥された異界も、常民の間ではしっかりと生き続け、ずいぶんと身近にあったものなのである。

天狗は異界の存在である。江戸時代では子供が消息を絶つ原因は天狗とされていた。天狗に攫われた場合はしばらく月日が経つとその子はまた戻ってくる。戻ってきた少年は異界の経験者であり、特別な存在ということになる。

江戸時代には天狗に攫われ異界に連れ去られまた戻ってきた少年が実在した。そのように平田篤胤の著書『仙境異聞』には書いてある。面白いから引用する。

……文政三年十月朔日夕七つ時なりけるが、屋代輪池翁の来まして、山崎美成が許にいはゆる天狗に誘はれて年久しく、その使者と成りたりし童子の来たり居て、彼の境にて見聞きたる事どもを語れる由を聞くに、子のかねて考へ記せる説等と、よく符号する事多かり、(以下略)……

そのあと篤胤周辺の当時の知識人が集まってこの童子（寅吉という）に異界のことを、事細かく聞き書きした内容で『仙境異聞』を上梓した。外にも寅吉の話は多くの書物に書かれ、当時の人々の関心の高さがうかがえる。

現今では異界の存在は消滅したか、というとそうでもない。人間はどこかで、本能的にそのような世界を欲求するのかもしれないし、近代的合理主義が人間性をも排斥してきたことへの反発とか、いろいろな考え方はあるがともかく、異界とか怪異の世界は時々周期的にブームになる。アニメの『鬼滅の刃』は大きな興行成績をあげた。また昨年8月に再放送されている『プレミアムカフェ　そもそも　妖怪　異界の存在にひかれるワケ』は2015年に関口宏の司会で又吉直樹、田中直樹や宗教者釈徹宗、研究者の一柳廣孝教授等が参加した番組である。【そもそもなぜ人は、文明が発展した現代に暮らしながらも、人知を超えた異界の存在にひかれるのか?】が、テーマの番組であった。このことをしても人間は依然として異界の存在に興味を持ちそれを必要としており、その意味で異界は我々の世界と隣り合わせに存在している、その境界「あわいの世界」は、そこかしこにある。

○異界とのあわいで

異界自体は俳句の主たる興味の対象として意識されていない。ただ皆無ではない。異界の住人である雪女や狸、河童や妖怪変化の類も時たま季語や句材として登場するし、傀儡師など周縁の世界における存在が季語として登場する例もある。だがそういう行事・伝説など民俗学的色彩を持って登場するモノとは別に、作者の表出したイメージがその意図とは無関係に異界の趣を誘発することがあり、そのことが、「あわいの世界」への入り口となる。作者に無意識に異界へのあこがれがあり、読者の言語空間に異界のモノコトに共振する要素が強いためであろうか。

作者側でもレトロ趣味的に、多くは中世から近代にかけての遺物的異界、に反応する触手を有している俳人は多い。だがそれとは異なり今までにはないような、新しい時代の異界のイメージをさぐり表出し、読者に感じさせてくれる触手がここでは大事な存在である。

背に紙貼られ花野へ行つたきり　　生駒大祐

この句は「WEP俳句通信」124号（2021年10月）に発表された句である。本人の気がつかないように背中に紙を貼り付けるいたずらは、よくあるような気がする。現実に経験していなくても、ノスタルジーを感じる景である。しかし、「背に紙貼られ」というのは、そのようなノスタルジーの伴う景とは限らない。強制的にその人を辱めるために首から看板をかけさせたり、背中に張り紙を貼られたりすることは歴史的できごととして実際にあった。私の前後世代には紅衛兵の行なった精神的にも肉体的にも残虐な行為は生々しいし、第二次大戦時のユダヤ人の迫害の景も身近な出来事のひとつである。生駒大祐氏の「背に紙貼られ」という表現を読んだ時に、そのような忌まわしい出来事が脳裏をかすめる。

実は「あわいの世界」的異界のイメージは、少し異なる。大祐氏のこの句で、後ろ指をさされるのは、多様な意味で額に印をされたモノという意味合いがつきまとうから。例えばヘッセのデミアンのように印されたヒトの象徴として表現したと考えることも可能だ。

下の句の「花野へ行つたきり」は、さらに強烈なイメージを私の言語空間の中で引き起こし共振する。「花野へ行つたきり」は当然その人は還ってこないわけである。異界へ踏み込んで還ってこない背中に張り紙をされたもの、それは戦慄を与えるベックリンの絵画のような味わいである。

私は「あわいの世界」の異界を生み出した作品として、また俳句の未来を探る触手を有する作者の作品として、この句を選んだのである。

その時が来て仙草に血のかよふ

この句を誰かが吟詠するのを聞いて思わず戦慄した。私は「戦争に血の通う」と聞き取ったのである。誰の句か問うと生駒大祐氏だという。でも文字を見て勘違いかと思い、そのまま忘れていた。ところが先日「俳句界」2022年7月号に生駒大祐氏が戦争を意識して作った句として〈仙草の伸びたる茎の遮る陽〉〈武者震ひして仙草が風の中〉〈深々と仙草に礼する子かな〉の3句が発表されていたのである。単に掛詞以上に読者の言語空間にリアルに響く効果を経験したともいえる。

「あわいの世界」で生まれる句が具備するべき要件は、読者の脳内にリアルなイメージを展開させる仕掛けが込められていることである。

○水界という「あわいの世界」

『水界園丁』は生駒大祐氏が２０１９年６月に刊行した句集である。前述の〈背に紙貼られ花野へ行つたきり〉の句に惹かれていた私は、この『水界園丁』という句集の題名を知ったときに「あわいの世界」の触手を持った俳人であることを確信した。

水界とは聞き慣れない言葉なのでまずもっての興味が生じた。辞書によると第一義に「水圏」、第二義に「水と陸との境界」とある。私はこの境界という意味にひどく惹かれたのである。これは「あわいの世界」ではないか、と期待したのである。同時に50年ほど昔サイモン&ガーファンクルが歌って日本でも流行った英国の古謡「スカボロー・フェア」を思い出した。あの歌詞のなかにある海水と波打ち際の間の土地、手に入れば愛しい人との思いがかなうその土地こそ「あわいの世界」そのものではないか。

Ask him to find me an acre of land
Parsley, sage, rosemary and thyme
Between the salt water and the sea strand
For then he'll be a true love of mine.

「ぱせりせーじろーずめりーあんたいむ」、あのリフレーンが呪文として「あわいの世界」を呼び覚ます。あのパンデミックにおびえていた頃の中世のイメージを。

そして、園丁とはどういう存在であろう。きっとその「あわいの世界」で美しいモノを育て育む人にちがいない。そのように考えたとたん、生駒大祐氏の作品の中に未来への触手を探したいという気になったのである。

薄紙が花のかたちをとれば春

薄紙には女性的な美がある。あわい色彩の世界でしかもどことなくセクシャルな趣さえただよわす。〈薄紙も炎となりぬ春の暮　桂信子〉や〈薄紙につつむ花びら最晩年　桂信子〉〈薄紙のふくらむところ雛の鼻　辻桃子〉等々の女性の句を思い出す。比較して思い出す男性の作品は雅であるが、少し無彩色な世界だ。〈短冊を包む薄紙十二月　井上康明〉〈紙漉きの薄紙かさぬ雪の界　大野林火〉。

大祐氏の薄紙の句は、この句自体で独立した趣の世界を醸しているが、最もこの句が効果を発揮するのは同じような趣の作品が混在しイメージの世界でただよいあるいは乱舞し始めたときだ。

芹洋子の『花の街』をイメージするとよい。七色の谷の中でこれもいろいろな色のリボンが、あるいは波のように、あるいは輪になって、春よ春よと飛んでいるのだ。

同じように薄紙の色彩が自由な形を成して、色紙や短冊や、折り鶴等々、様々な形在る美しいモノと乱舞している空間。そこに大祐氏の句は一枚の色紙のようにただよっている。淡い薄紙のような色彩は花の形になったり鳥になったり形を変化させる。

この句が読者の興趣を呼び覚ますのに最大の効果を発揮するのは、キーワードになるいくつかの言葉、ここでは薄紙や花などである。それらが過去のいくつもの他のジャンルも含めた作品が形成するイメージ空間の中に置かれたときである。このようなイメージの世界を表出するには短詩型である俳句は短すぎて得策ではない。それゆえ、大祐氏自身俳句というのは過去の作品世界（敷衍すれば俳句だけではないし、あらゆる言語空間とでも呼ぶべき世界）の上に成り立つべきモノであると主張するのだろう。それを方法論的な前提として未来の俳句の構築を目指そうとしているのだと思う。

せりあがる鯨に金の画鋲かな

とはいえ、大祐氏の俳句には言葉のつながりを解体して全く新たに構成する作業をしているところがある、そのことは過去において詩歌の世界で行われた種々の実験努力に類似のところがある。伝統的情趣を主とする俳句の領域ではなかなか困難な作業であるが、未来の俳句を目指す触手がなすべき方向の一つだろう。その種の試みが失敗する最大の理由は言葉が先にありき的発想で文字を組み立てていくと多くの場合リアルさを失い、場合に因っては独りよがりの表現になりかねないことである。読者にリアルでかつ興趣を覚える、「面白い」といわせるイメージを出現させることがポイントなのである。その点後述するが「面白い」を方向としている大祐氏の触覚は過去のその種の試みとは一線を画している。

せりあがる鯨の句は読者のイメージの構成作業が楽しい。画鋲であるから鯨の絵を想像したい。それとも壁に留めてある大漁旗だろうか。大漁旗の鯨は威勢がよい。そしてこの句の構成の面白さは金色に光る画鋲に意識を集めさせたことだ、そのことが面白い。

枯 蓮 を 手 に 誰 か 来 る 水 世 界

大祐氏の「水世界」を私は「あわいの世界」と理解している。さすれば「あわいの世界」で向こうから来る誰かわからない人はマレビトに決まっている。そのマレビトは手に枯蓮をもっているという。ゆっくりとうつむきかげんに、水際を歩いてくるその人は、冬なのに薄いローブをまとい、裸足で歩んでくる。不思議と寒さも冷たさもない。そのようなイメージが生じる。いわゆる写生ではないが、リアルでかつ象徴的なイメージを読者に喚起する力がこの句にはある。人によっては枯れた蓮に何らかの象徴的な思いを重ねるかもしれない。この句はたぶん、作者が何かのきっかけを得て、自分の得たイメージを自分の脳髄の中でぐるぐると回転させ、最終的に言語として構築したモノだと思う。読者がその俳句を読んで自分の言語空間に響かせようと思うためには、その意欲を起こさせるトリガーが必要である。俳句の場合面白そうと思わせることであり、この句にはそれがある。

星々のあひひかれあふ力の弧

現代の物理学的な宇宙論の知識で構成されたイメージであることはまちがいない。現代の俳句が、人類の認識の領域の拡大あるいは進化にともない、今後開拓すべき領域が存在する、その中の大きな領域の一つは、宇宙観の進歩である。自然観もいわば宇宙観を包含しているのだから当たり前といえば当たり前だが、芭蕉の時代からの宇宙観の進展はあまりにも大きい。近代と比較してもその変化は大きい。自然を詠うことを旨とする俳句において、その認識の変化は、当然必然的に反映され新たな興趣を文字として表出している。未来へ向かって持つべき触手のひとつであり、大祐氏のこの句もそういう触手が反応してできた句である。

この句は日常の五感を離れたところで成立させた句という意味で面白い。星空をあおぎ見る時に（別に実際に見なくても良いのだが）、それらの星々が目には見えない力であい引き合っていることを感じるのはなかなか詩的である。林檎を地球が引っ張っていると思うよりは、よほど詩的情趣に訴える。もう一つこの句の面白いところは、この句の作者はその力の軌跡を曲がっていると直感したことである。そう、空間は美しく曲がっているのである。

○生駒大祐氏の面白さと「あわいの世界」での俳句構築

WEB上のあるインタビュー記事で生駒大祐氏は、俳句は面白くあるべきという趣旨のコトを述べ、「面白い俳句を、打率高く、作るためにはどうしたらいいか」と課題を投げていた。

俳句の将来を考えるときに、特に、中心としてきた季語の情趣が陳腐化の傾向にある時には、面白いという性質は今まで以上に大事になるのではないか。

生駒大祐氏が未来への触手を有していると思う理由は、この「面白い俳句」を前面にたてて追究しようとしているからである。

俳句の性質を言う場合に昔から、滑稽という言葉を使われてきたが、実際の俳句のあり方を見ていると滑稽という言葉は俳句の場合ぴったりとはそぐわない。むしろ読者の興味の惹きつけ方として論じていく方が、成果が上がるのではないか。

ここで少し先回りすることになるが、この俳句における「おもしろさ」を読者の興味を惹く手法と考える考察が必要である。「おもしろさ」も時代によって当然変化するだろうが、現代では「あわいの世界」の感覚が重要であると考えている。

詩的言語とは何かとか五感との関係の問題はよく詩人達が論じている。俳句では真っ向からこの種の問題に対処する人が少ないので生駒大祐氏には期待ができる。

過去の作品群やもっと抽象的に文化的興趣と、現在のそれとを比較し、作者が表出しつつある言語の構築法の問題として考えてゆけば面白いコトになると思う。

☆主な参考文献

宇多喜代子『戦後生まれの俳人たち』２０１２年、毎日新聞社
筑紫磐井・対馬康子・高山れおな編『新撰21』２００９年、邑書林
筑紫磐井・対馬康子・高山れおな編『超新撰21』２０１０年、邑書林
坪内稔典『俳句のユーモア』２０１０年、岩波現代文庫
谷川俊太郎『ことばあそびうた』１９７３年、福音館書店
平田篤胤『仙境異聞・勝五郎再生記聞』２０００年、岩波文庫
「No.105 俳句。 生駒大祐の世界」Edge（スカパー！のアート・ドキュメンタリー番組）

あとがき

本書は「ＷＥＰ俳句通信」の連載「明日への触手」から編成し一部加筆修正したものである。俳句の目指す興趣は、時代による影響を受ける。今後それがどうなるか、またどうあるべきかを、幾人かの俳人の作品を通して考察した。これから多くの作者、論者が新たな地平を切り開いていく際に少しでも本書が役立つことを願っている。

末筆になったが、本書を成すにあたり、「ＷＥＰ俳句通信」の大崎紀夫氏、きくちきみえ氏、とりわけ土田由佳氏には大変なご努力をいただいた、また、蔵本芙美子氏にも校正等でお世話になった。それ以外にも幾人もの方に協力をいただいている。お礼を申し上げる。

（COVID-19 の猛威下　２０２２年9月徳島にて）

初出一覧

「魔封じをする女」池田澄子　「WEP俳句通信」116号（2020年6月）

同　（続）　「WEP俳句通信」117号（2020年8月）

「静かなる変革者」青山　丈　「WEP俳句通信」118号（2020年10月）

同　（続）　「WEP俳句通信」119号（2020年12月）

「メタ時空を泳ぐ」正木ゆう子　「WEP俳句通信」120号（2021年2月）

＊原題「宇宙を感得する」

「間《あわい》の世界を遊ぶ」坊城俊樹　「WEP俳句通信」121号（2021年4月）

「透明な私・語りかける私」神野紗希　「WEP俳句通信」123号（2021年8月）

＊原題「語りかけるもの」

「河馬で壁を崩す」坪内稔典　「WEP俳句通信」124号（2021年10月）

＊原題「壁をくずす河馬」

「頭蓋の中の闇」山口優夢　「WEP俳句通信」125号（2021年12月）

＊原題「間《あわい》の世界をさぐる触手たち」（1）

「非情の世界のユーモア」好井由江　「WEP俳句通信」126号（2022年2月）

「異界の巡礼」生駒大祐　「WEP俳句通信」同　号（　〃　）

＊原題「間《あわい》の世界をさぐる触手たち」（2）

著者略歴

西池冬扇（にしいけ・とうせん　本名：氏裕）

昭和19年（1944）　4月29日大阪に生まれ東京で育つ
昭和45年（1970）　ひまわり俳句会　高井北杜に師事
昭和58年（1983）　橘俳句会　松本旭に師事
平成19年（2007）　ひまわり俳句会主宰代行
平成20年（2008）　ひまわり俳句会主宰継承
著　書
　句集『阿羅漢』（1986年）、『遍路――槃特の箒』（2010年）、『８５０５――西池冬扇句集』（2012年）、『碇星』（2015年）、『彼此』（2021年）
　随筆『ごとばんさんの夢』（1995年）、『時空の座第１巻』（2001年）、『時空の座 拾遺』（2018年）
　評論『俳句で読者を感動させるしくみ』（2006年）、『俳句の魔物』（2014年）、『俳句表出論の試み――俳句言語にとって美とはなにか』（2015年）、『「非情」の俳句――俳句表出論における「イメージ」と「意味」』（2016年）、『高浜虚子・未来への触手』（2019年）
俳人協会評議員　日本文藝家協会会員　工学博士

現住所＝〒770-8070　徳島県徳島市八万町福万山８－26

明日への触手

2022年９月30日　第１刷発行

著　者　西 池 冬 扇
発行者　大 崎 紀 夫
発行所　株式会社　ウエップ
〒160-0022　東京都新宿区新宿 1-24-1-909
電話 03-5368-1870　郵便振替 00140-7-544128

印刷　モリモト印刷株式会社

※定価はカバーに表示してあります　ISBN978-4-86608-132-8　JASRAC 出 2207350-201